# 四十不错

陈三月 著

北方文艺出版社

图书在版编目（CIP）数据

四十不错 / 陈三月著. -- 哈尔滨：北方文艺出版社，2021.4
 ISBN 978-7-5317-5043-7

Ⅰ. ①四… Ⅱ. ①陈… Ⅲ. ①散文集－中国－当代 Ⅳ. ①I267

中国版本图书馆CIP数据核字(2021)第017056号

## 四十不错
SISHI BUCUO

作　　者/陈三月

责任编辑/王　爽　　　　　　　特约编辑/陈长明
装帧设计/汇蓝文化

出版发行/北方文艺出版社　　　　邮　编/150008
发行电话/（0451）86825533　　　经　销/新华书店
地　　址/哈尔滨市南岗区宣庆小区1号楼　网　址/www.bfwy.com

印　　刷/济南精致印务有限公司　　开　本/880×1230　1/32
字　　数/85千字　　　　　　　　印　张/4.75
版　　次/2021年4月第1版　　　　印　次/2021年4月第1次印刷

书　　号/ISBN 978-7-5317-5043-7　定　价/46.00元

# 目 录

## 第一辑 找寻更好的自己

002 四十不错
007 人生哪有那么多唯一
012 玻璃瓶人生
015 不自知的自卑
020 当有人踢你的影子
025 那个含着泪谢谢你的小人物
031 好难的"下"
034 那样的断舍离,太傻
039 我是谁
043 予你知遇之恩的人
048 愿你成为自己喜欢的样子
052 真正的自由
055 致中年的你
059 最深的套路
063 狗之冤

## 第二辑 光阴深处的温暖

- 067 马弄的烟火人生
- 071 漂亮的老太太
- 078 当时你们很相爱
- 082 古镇里的小时光
- 086 怀念老光
- 091 白马湖畔的追思
- 098 女人三章
- 103 如果没有你
- 119 世界在外面,故乡在心里
- 123 他和她的差距
- 127 我是你的骄傲吗
- 133 像你这样的人
- 136 择绍兴终老
- 140 竹姻缘
- 144 花一样的九板桥

## 第一辑　找寻更好的自己

我们终其一生都在执拗于"上",读书求上等,物质求上品,地位求上层,事业求上升,却永远不懂得"下",不舍得"下",更不甘于"下"。

# 四十不错

某个晚上，高中同班、大学毕业后又同城工作的四个女生聚会。也不知何时起，我们四个，一段时间不见面，必定有一人会在四人帮的小群里吼一声："是不是该聚聚了？"一人提议，三人呼应，言出必行。

同学情，随着年岁增长，越发珍贵。

可以是不知名弄堂里的小饭馆，可以是精致小众的西餐厅，可以是人声鼎沸的夜宵摊，对于我们这帮"吃货"来说，绍兴的大街小巷，都可以是聚会之地。偶尔追求格调，偶尔享受烟火，当然，这都不是重点，聊天才是我们的终极追求和毕生所好。

和以往不同，这次聚会地点选在其中一个女生家里。孩子在父母家，老公出差了，家里就她一个。

一走进宽敞的宅子，脱掉鞋子，扔掉包，卸下所有白天的"端着"，女人们纷纷感慨：好想在这么大一幢房子里，老公、孩子都消失几天，一个人，好不自在。

屋里弥漫着淡淡的芬芳，散放着小孩的玩具、大人的日用品，并不见得整齐，却是最有人间烟火味的样子。

晚餐一半是外卖，酸菜鱼、毛肚、鸡爪……一半是"叮咚"送来生菜自己做，四个人都是做菜低能，因此，虾、毛豆、玉米煮一煮，放点盐，了事。再开一瓶酸酸甜甜果酒味的香槟，往透明的玻璃杯里一倒，配上西班牙小火腿肉，完美！

坐姿是不讲究的，盘腿的，跷二郎腿的，靠着椅背的，东倒西歪，随意得很。

边吃边聊，上司下属、老公孩子、亲戚朋友、八卦逸闻、酸甜苦辣……一人主讲，众人点评，时而感慨，时而大笑。

这模样，像极了《三十而已》。

《三十而已》里三个三十岁的女人，一个已婚已育、能力出众、形象完美，一个已婚未育、天真单纯、生活平淡，一个未婚未育、生活逼仄、追爱艰难。

不同命运，不同际遇，不同人生，不同困惑。

编剧想表达的是：不过三十岁而已，人生还有很多种可能。

网上评论大部分是：三十，好难。

也有女孩子喟叹：看过，都不敢结婚了。

而我们四个年近不惑的老阿姨，却不约而同地扬起眉毛：三十，难个鬼，之后的人生，才一言难尽。

我们的感慨中，带着些许过来人的不屑、无奈、心酸和历经世事后一笑而过的豁达。

如果看《三十而已》就让人恐婚，那么，再出个四十、五十、六十的鸡零狗碎，估计婚姻制度要宣告消亡了。

三十，真的，而已！

已婚的不过刚结婚，婚姻的新鲜感还在，感情好点的，还有恋爱的余味；孩子还小，没有辅导作业的河东狮吼，没有更年期撞上青春期的鸡飞狗跳；老人还不老，没有今天这个打针，明天那个挂水的体力大挑战。

身体正强壮,事业刚起步,跳槽没那么多顾虑,同龄人的差距也没那么大。还能偶尔唱个歌,感个伤,怀个旧,装个嫩。

未婚或未育的自不必说,管好自己,就是对社会做贡献。

家人尚对你宽容,世界尚对你微笑,你尚天真,尚有梦想,尚会哭会喊会笑。

再过十年,试试!

四十,才是让人一言难尽的年纪。

老人孩子连轴转,血压分分钟上升是常态。

不管作业还能母慈子孝,一管作业鸡飞狗跳。生个二胎吧,简直把家里变成斗兽场,还没进家门就听见"冲啊打啊杀啊",门一开,一只鞋飞过来,那心情!

L同学说,某天加完班到家,老公看手机,孩子看电视,一派和谐景象,她不由得暗喜,结果一问,晴天霹雳,小朋友的作业居然还没做,就等着妈妈来监督辅导。刹那间,杀人的心都有。

家人生病更不得了,医院、家、单位连轴转,晚上不睡,第二天铁打地照常上班。这时候,不想感谢天感谢地,只想感谢美团,还有一口热饭可以吃。

中年人,仿佛连生病的权利都没有。F同学说得经典:"我就像一棵树,老公孩子是知了,附在我身上,不断索取,还不停叫。"

然而,自己的身体开始走下坡路。熬个夜立马脸色蜡黄,一到体检胆战心惊,报告上箭头一年比一年多,听到谁忽然离世,顿觉人生无常,一顿唏嘘。

事业的高压线来了了,要么在平凡中想通,要么在欲望中挣扎。

人生就像一场马拉松,跑过半程,差距已拉得好远,曾经一起熬过夜、喝过酒、吃过饭的同窗好友,有的已功成名就,有的还原地踏步，有的半路出局落魄不堪。

落后的人只有两种选择：要么在平凡中想通，享受平凡的小幸福，要么在欲望中挣扎，拼搏一番，说不定哪天时来运转。

最怕的是，脚步跟不上思维，能力够不上欲望，不甘心不称心，怨天尤人，愤世嫉俗，这种人往往活得痛苦。

跳槽？对不起，除非你技艺压身，否则招聘启事上"年龄要求三十五周岁以下"这一条足以将你的自尊心打击到西伯利亚。

婚姻日益平淡，四十只求"不祸"。

结婚十几年，曾经浓烈的爱消退，淡得像白开水，想加点料，才发现婚姻这容器不是一个杯子，而是一只缸、一个池塘，甚至一片汪洋，那点料加进去犹如杯水车薪。

好不容易放暑假了，孩子去乡下了，有了二人世界，结果一人沙发上，一人卧室里，各拿一个手机，各自安好。世界上最远的距离，就是你在卧室，我在客厅，我们说话要靠微信语音。

不再纠结爱不爱的问题，也不想为谁洗袜子谁做饭吵架，能用钱解决的不叫难事，这么多年，能磨合的都磨合了，磨合不了的再吵也没用。

你愿赚钱养家，我愿晚上带娃，分工负责，协同作战，四十岁的婚姻，是最纯洁的革命友谊，不给对方添乱添堵，就是好同志。

四十，有几个人能不惑呢？我们需要做的，是让自己过得还不错。

知道哪些应该做"加法"，哪些该做"减法"。不以世俗祸害自己，该放下的放下，该努力的努力，不再沉醉于场面上的春风满面，爱值得爱的人，做喜欢做的事。

明白人与人之间的感情，靠的是吸引，而不是同情。不以道德绑架他人，怜悯是一时的，也是廉价的，你又哭给谁看？唯有爱自己，别人才会爱你,唯有自己强大,才能保护自己和吸引更好的人。

懂得自由不是随心所欲,自律才有自由。不以追求自由的名义害人害己。无论是身体还是情感,太过放纵和肆意,结局往往惨淡。想做什么就做什么是低层次的自由,不想做什么就能不做什么,这才是更高级的自由。

清楚自我价值,不再以名利衡量成功。身体健康,有自己的兴趣爱好,有三两知己好友,有一份养家糊口的工作,有能力多做些善事,每天快乐比不快乐多,眼里有光,心中有爱,还能开怀笑,还会感动哭,偶尔也像个孩子一样天真,这就是成功的人生。

# 人生哪有那么多唯一

年后,与朋友交谈,都感慨时间过得太快,转眼一年又过去了。朋友大我几岁,已然临近四十岁的门槛。我问她:"近四十,有何感想?"她说:"愈来愈不惑。"

曾经看得重于泰山的,如今却轻如鸿毛;曾经为之伤心欲绝的,现在想来莞尔一笑;曾经迷恋到痴狂的,现在看来不过如此。越来越知道哪些重要,哪些不重要,哪些必须坚持,哪些可以放弃。

同感!

不得不说,古人着实有智慧。

三十而立,四十不惑,五十知天命。年少时候看《论语》,真的只是看看而已,醉心于它的语言和意境之美,内容仿佛与己无关。有些道理,确实要到了一定的年纪才会懂,才能感同身受。

年轻时,困惑于爱情、事业、生活种种,困惑于那人是否可以初心不变,困惑于职业是否可以安身立命,困惑于生活是否可以安稳静好。于是,每个选择的岔路口都充斥着迷茫、纠结、挣扎,选择过后又间歇性沉湎于满足、喜悦、后悔、遗憾……

困惑来源于两个方面,一是不明白自己到底想要什么,想找怎样的人，想过怎样的生活；二是惶恐地以为，选择了一条路，便不能回头，即使错，也要错到底。

是的，曾经，我们对"唯一"，有着超乎寻常的热爱和执着，尤其在爱情上。

元稹说："曾经沧海难为水，除却巫山不是云。"

张爱玲说："我倘使不得不离开你，亦不致寻短见，亦不能够再爱别人，我将只是萎谢了。"

……

古代圣贤如此，文人墨客如此，凡夫俗子亦如此。

也是，谁不想拥有温暖执着的爱情、从一而终的婚姻。

我的闺蜜C，是个漂亮姑娘。前几日突然给我发来一条微信："月，我有点心酸，今天在商场看到W，他已经结婚了，带着老婆孩子在吃甜品，一家人特别幸福的样子。他从初中就开始喜欢我，我知道他是个好男人，只是那时候，我觉得他不是我生命中想要寻找的那个唯一。现在想来，追过我的，还真有几个好男人，可惜就这么被我一一错过了。"

C二十几岁时经历过一段无疾而终的感情。那个男人，一度待她如珍似宝，极为浪漫，恋爱一年后却毫无征兆地人间蒸发，甚至连分手的原因都没告诉她，只发来一条短信："你可以找到比我更好的。"她百思不得其解，曾经的山盟海誓，曾经的万般柔情，都犹在眼前耳边，那个恨不得把心挖出来给她看的男人，怎么说走就走，决绝到如此地步呢？

她难过得要命，半年后，辞职去了另一个城市。在这个城市，无论她走到哪，都会想起与他一起的点点滴滴，那真是种揪心的疼痛。但她依然放不下他。

直到有一天，她回来参加一个大学同学的婚礼，在熙熙攘攘的大街上，与他擦肩而过，他身边挽着的女子，竟是她曾经的同事。

一切都了然了，老掉牙的桥段。

照理说，她该庆幸"渣男"早早地放过了她，该就此痛痛快快地放下，趁着年轻貌美重新开始另一段感情。可是，她告诉我，她仿佛不会爱了。其他男人，她要么觉得不够爱，要么觉得不够合适。于是，好几个我觉得挺不错的男人，早早被她判了死刑，比如W。

她说，她得找到一个她最爱或者最适合她的人。

由此，从二十几岁到三十几岁，她硬生生把自己剩下了。而那些明着暗着喜欢过她的男人，早已成为别人的好丈夫、好父亲。

她口中的W，也曾深情地对她说："你是我这辈子唯一爱的人。"年轻时，"唯一"两个字，让人尝尽甜蜜，又受尽委屈。

我们总是轻易许下一生一世一双人的誓言，总是觉得相伴一生的，只可能是那么一个人。所以，我们经常听到这样的话：他或许不是我最爱的那个人，却是最适合我的人。

而直到三十几岁、四十几岁甚至更老，才明白一个事实：人生哪有那么多唯一。

与你走入婚姻殿堂的，不一定是最适合你的人，也不一定是最爱你或者你最爱的人。只是他恰巧出现在了最合适的时间、最合适的地点，你刚好选择了他相伴一生。

还有，一个人的一生，或许是会爱很多人的。

有点残酷吧。

曾经，我也固执地相信，人这一辈子，只会爱一个人，也只应爱一个人。世间女子皆羡慕林徽因，除了她的才华和美貌，更多的是因为她传奇又丰盛的感情生活。我们都知道，徐志摩爱她如痴如狂，金岳霖为她终身不娶，梁思成伴她共度一生。却很少有人知道，徐志摩对陆小曼同样痴狂和深情，金岳霖有同居多年的异国情人，而梁思成,在林徽因离世后,娶了小他二十七岁的林洙。

或许,我们也并不是不知,而是不愿面对,索性把这些可能亵渎美好"唯一"的,都轻描淡写了。又或者,我们坚定地认为,这三个男人,虽然又找了别的女人,但他们心里唯一爱的,只有林徽因。

那么,当我们看到梁思成写给林洙的信,不知会作何感想。

他说:"真是做梦没有想到,你在这时候会突然光临,打破了这多年的孤寂,给了我莫大的幸福。你可千万千万不要突然又把它'收'回去呀!假使我正式向你送上一纸'申请书',不知你怎么'批'法……我已经完全被你'俘虏'了……"

署名是"心神不定的成"。

这样炽热虔诚如情窦初开的小男生般的梁思成,你还会认为他对林洙没有爱情吗?

我并没有批判他们的意思。梁思成暮年再逢爱情,是在林徽因去世后,并没有对不起她;徐志摩和金岳霖,虽然都爱林徽因,但林徽因与他们始终只是友人的关系,他们爱上别人,并没有什么可谴责的。

人性,大抵如此。只是,古往今来,我们更愿意给一段感情加上唯美、伤感的标签。

坦白地说,所谓最合适的人,或者最爱的人,不是绝对的,要说绝对,也是一个时间段里的绝对,于一辈子而言,是相对的。

正如毕淑敏在她的散文《成千上万的丈夫》里写道:"适合做你丈夫(妻子)的人,绝非是前无古人后无来者的异数,有成千上万的人,可以成为你的丈夫(妻子)。你喜欢的,只是某一类型,而不是某一个。如果你是玫瑰,只要清醒地坚定地找到百合种属中的一朵,你就基本获得了幸福。"

换言之,深爱或者适合你的人并不是只有那个,嫁或娶了某种类型中的任何一个,你都会过得不差。

人生哪有那么多唯一!

我对C说:"这下你明白了吧,为什么你总是嫁不出去。"

## 玻璃瓶人生

我们的人生只有一次
在广袤的宇宙中
我们如稍纵即逝的过客
但我们有能力成就任何事情
真的是一切皆有可能
但前提是我们能聪明地利用时间

哲学课上,教授的面前放了些东西。课开始了,他一语不发地拿出一个特别大的玻璃瓶,用高尔夫球填满了它,然后问学生,瓶子是否满了。学生说是。教授又拿了一盒鹅卵石,将它们倒入瓶子轻轻摇晃,鹅卵石滚到高尔夫球之间。他又问学生瓶子是否满了。学生认为没错,确实满了。接着,教授拿起一盒沙子倒入瓶子。当然,沙子塞进去了。他再一次问瓶子是否满了。学生们异口同声地回答"当然"。最后,教授从桌子下拿出两瓶啤酒,把所有的酒都倒入瓶子里,一下子填满了沙子之间的空隙。当学生们的笑声平息,教授说道:"我希望你们将这个瓶子看成人生的缩影。高尔夫球代表人生中最重要的——你的家人、朋友、健康以及热情，如果你失去其他，只剩下这些，你依旧可以拥有幸福；鹅卵石代表其他也很重要的东西，比如工作、房子和车子；沙子则代表其他琐碎的事物。如果你先把沙子放入瓶子，就会没有空间再放高尔夫球和鹅卵石。人生也是一样，如果你把时间和精力都花在一些琐碎的事情上，你就会没有时间留给那些真正重要的人和事。我们应该专注于与你的快乐息息相关的东西，也就是那些真正重要的事情，学习掌握事情的先后顺序，而不是浪费时间在沙子上。"一个学生举手问啤酒代表什么。教授笑着说："那是想告诉你们，无论生活多么忙碌，总会有时间和朋友坐下来喝几杯的。"

看完这个故事，我沉默良久。

毕竟，每个人的人生，都由自己做主。有些人选择先放入高尔夫球，而有些人，选择先放入鹅卵石，甚至先放入沙砾。每个人看重的东西不一样，追求的人生也不一样。大千世界，我们从不评论谁的人生就是对的，谁的人生就是错的。

毕竟，拥有的时候，我们往往迷茫，我们往往放纵。健康时，永远不知身体重要，吃不完的饭，喝不完的酒，做不完的事，轻则叹息人在江湖身不由己，重则沉醉其中乐此不疲。进了医院，躺到了床上，才后悔不已，感慨健康才最重要，一朝康复，没多久又好了伤疤忘了疼，故态复萌……家人挚友尚嘘寒问暖时，觉得一切理所当然，只顾着飞得更高、走得更远，潜心追求更多的钱、更大的房子、更高的地位。在追寻这一切的过程中，如怠慢了那些真心关心你的人，待你拥有了梦寐以求的东西时，便可能惊觉人面不知何处去，而自己，锦衣玉食，却依旧孤独。

毕竟，我们真正珍惜的，往往是已失去的和从未得到的。

我问朋友："年过不惑，最大的感受是什么？"

他说:"学会尊重内心,不再过分强迫自己做不喜欢之事,接触不喜欢之人。"

年轻时,为着工作、面子或是其他,他可以热脸贴冷屁股,明明心里对某些人讨厌得要死,还要装热情、装欣赏、装投缘;可以赴一场又一场无聊的饭局,和一群根本不怎么熟悉的人觥筹交错三四个小时,还得绞尽脑汁凑话题、烘气氛,直熬得两眼发黑、身心俱疲。回到家,年幼的孩子已入睡,年轻的妻子埋怨他忘记结婚纪念日,父母怕影响他工作,又独自去了医院。

多年后,孩子已长成特立独行的少年,不再对他依赖;妻子眼角爬满细纹,不再娇嗔埋怨;父母亲相继生病离世,子欲养而亲不待。而他回过头去看看,那些年奔赴的局,喝过的酒,见过的人,心中满是虚无。更令人惊讶的发现是,付出了那么多时间,好像对工作并没什么帮助,更没给自己带来什么营养。大部分情况下,煎熬了半天,无非就对得起两个字——面子。为了这两个字,人生的玻璃瓶中,塞了一堆无用的沙子,而错过了那么多的高尔夫球。

他说,如今的他,诚然还是有"不得已"的无奈,但会有明显的取舍——有些人,不喜欢就略过;有些事,不想做就不做。他尽量和自己喜欢的人在一起,尽力做自己喜欢和有意义的事。

菩提本无树,明镜亦非台。本来无一物,何处染尘埃。

到了一定年纪,我们会发现,吃饭,吃的不是饭,而是感情;喝酒,喝的不是酒,而是痛快;聊天,聊的不是天,而是怀念。

世界那么大,生命那么短,人生这只玻璃瓶容量又如此有限,我们怎能浪费时间和精力在无关紧要的人和事上。不如脚踏实地,不如善良真诚,不如珍惜所有。

譬如朝露,去日苦多。走到最后,留在身边的,无非是那几个人;真正难忘的,无非是那几件事。

## 不自知的自卑

女儿长得又高又胖，无论从健康还是美丽角度出发，我都迫切希望女儿能减减肥，再者，我也担心同学会嘲笑她胖而使她心生自卑。但说了很多次，方法无所不用其极，结果这个不到十岁的小丫头一副"任尔东西南北风"的无所谓模样。

我说："你不觉得胖不漂亮吗？"她说："没有啊，胖胖的多可爱，瘦得跟杆似的就好看呀？"

我说："你胖了多笨重啊！"她答："我是灵活的胖子呢，垒球比赛我是年级第一。"

我说："你不是最爱穿裙子吗，瘦了穿裙子才好看呀！"她说："可以买大一码呀，一码不够，两码三码无数码呀！"

我说："你五官长得不赖，成绩也不错，如果瘦一点，就是女神了。"她说："当不成女神，'女神经'也不错啊，比如贾玲这样的，多欢乐啊！"

……

我无言以对，哭笑不得。小姑娘根本不以胖为缺点，换句话说，在她心里，这根本不是事，每天乐呵呵地活在自己的童年世界里，她觉得这样的自己很好啊，完全没有自卑一说。

别人安慰我说："小朋友还小，对外表不那么注重挺正常，等她长大一些自然而然就要美了，你不说都会减肥，何须操心！"

但我总有些耿耿于怀，为女儿没心没肺的自信感到讶异，直到看到一篇文章，说到中国女性的自卑问题。

文章中说，中国女性普遍太自卑了。这种自卑，与她本身是否优秀完全无关。这种自卑，首先体现在对自身容貌和身材近乎苛刻的要求上。而我们可以发现西方女性往往比较自信和舒展，就算是满脸雀斑，鱼尾纹爬满眼角，手臂比我们大腿还粗，她们照样穿着吊带衫笑得一脸灿烂。而我们，若身材不好穿成这样，肯定被一堆人嘀咕："这么胖还敢穿成这样……丑就算了，你不要出来吓人啊……"

文中提及一段记者采访林青霞的故事。

无论是亦正亦邪、亦妖亦仙的东方不败，还是明丽娇柔、一夜白头的练霓裳，抑或是冷艳孤绝、试问天下的六指琴魔，被我们惊为天人的林青霞，对于记者"一代女神"的称赞却一脸不自然："我小时候自卑又内向，从不觉得自己美，别人夸我漂亮，我会尴尬。我很少笑，甚至觉得快乐是有点小小罪过的。"

这种不自信，伴随着林青霞的前半生。她对爱情，有一种盲目的依赖和近乎偏执的执着。她在潜意识中，认为自己并不优秀，不配拥有更好的感情。

亦舒曾评价林青霞：美而不自知。

在亦舒心中，这种不自知的茫然更添了林青霞之美。

然而，对于林青霞本人，或者是放到如今的世界来看，美而不自知真的是值得推崇吗？

想起自己小时候，同样是深深自卑。

十岁那年,从村里的小学转到镇中心小学。

先描述一下我读了三年的村小学吧:村公共柴草屋腾出来的一间教室,一共三列座位,从左到右依次是一年级、二年级、三年级,收纳了全村共计不到二十个学生,所有年级的课程都是同一个老师来教。当然,我们所有的课程就是语文和数学,什么音乐、体育统统没有。上课铃是老师手动打的,中午老师喝了点酒睡过头了,我们就在附近的小溪里上蹿下跳,课都不用上了。

简单地说,一间教室,一个老师,两门课程,三个年级。这样的"复式教学"多有趣,老师给一个年级上课,就让其他两个年级的学生练习写字、做作业。所以,我在一年级,就把二、三年级的课全听完了。

但一转到镇上小学,我就悲摧了。

音乐课,不知哆来咪发,老师让我站起来唱歌,尴尬的我杵在那里,五音不全惹得全班哄堂大笑;课间操,不知一二三四,像个木偶一样跟着前排同学僵硬地摆手踢腿,被体育委员告到班主任那里,说影响了全班的整齐度;作为插班生,短时间内根本融入不了班集体,帮人捡了掉在地上的书本,也被几个女生当面嘲笑:"长得那么丑,故意做好事让老师表扬吧……"

那时,真的深感自己一无是处,自信被打击到了西伯利亚。内心深处的自卑,让我很长一段时间都不想开口说话。直到初中,犹如暗中得到高人点拨,成绩跃居年级第一;或许是女大十八变,无人再说我丑,这才捡回了稍许自信。

但是,一遇到有人夸赞,我总是一刹那红了脸,连连否认。这并不是谦虚,而是那些从前的自卑,植根于我的内心,早早固化了我对自己的认识。

幸亏后来接受了高等教育,接触了丰富而多样化的世界,我才从自卑的情结里抽剥出来，成为一个相对开朗的人。

如今，女儿面对赞扬，会气定神闲地说："谢谢！"

我依然做不到她那样。

曾经在饭局上碰到一对夫妻，男的事业有成，长得也英俊潇洒，妻子只是普通职员，容貌可以说中等水平都达不到。但妻子活泼又健谈，说自己年轻时，是单位里为数不多的大学生，追她的人很多，而她老公只是个中专生，要不是长得帅，她还看不上他呢。

"而且，我长得也不错呀！"她说这话，绝对没有违心，完全是发自内心的。

她的先生，一脸崇拜地看着她，给她夹菜倒酒，照顾有加，还不停地附和："是呀，娶到她真不容易呢。"

他的爱意也不是违心的，真的是发自内心的。

饭后，我旁边一个男士偷偷跟我说："也不知那个女的哪来的自信！也不知道她老公看上她什么了！"

我却喜欢上了这个女人。她学识渊博，和她聊天从不会冷场；她热爱运动，人过中年仍然有年轻的心态；她心地善良，表情丰富，充满激情。

和这样的人在一起，是一种放松和享受。

但有人无法理解和认同，而且有这种想法的人并不在少数。

所以，当很多女人看到长相普通、家境普通的邓文迪，还有那个身材一般、颜值一般的普莉希拉·陈，却接连吸引了世界上顶级的男人时，一脸的感慨和酸："长得一点不好看，她们凭什么呀，运气也太好了吧！"

在大众眼中，像默多克、扎克伯格这样的顶级富豪，不找美女简直匪夷所思。甚至许多女人自己都认为，长得不漂亮怎么配得上这些天之骄子。

然而默多克说，邓文迪极富魅力，让人无法拒绝。

扎克伯格说，我的财富仅仅能够配得上妻子的灵魂。

真正优秀的人，看中的怎会只是皮囊。

在我们传统的教育观念和社会评价中，美而不自知是一种谦逊，一种美德。但过度地强调，到最后往往造成人的自卑和软弱，那或许会成为其一生的软肋。

了解自己的优点，但不自傲，是格局，是胸怀和视野。

知道自己的缺陷，但不自轻，是气度，是淡定和从容。

取长补短，追求完美，是自律，是希望和勇气。

我不希望我的女儿在今后的人生中，因为胖而自卑，因为自卑而不敢追求一切美好。比起那些美而不自知的自卑，我更愿意她内心丰富而强大，始终认识到自己的魅力和美好，始终敢于追求皮囊之外的精神世界，始终把自己放在一个阳光灿烂的青草地，而不是遇到了他，便觉得卑微，便低到了尘埃里去。

所以，以后，我依然会督促她减肥，却不会说："你胖了，就没人喜欢你了。"

## 当有人踢你的影子

前不久,一朋友跟我倾诉,单位里一个同事,在背后到处说她的坏话,都是造谣,她不知哪里得罪了她,得知此事后感到莫名其妙,同时也觉得愤怒和难过。

"该怎么办?"她很懊恼。

她的意思是,该奋起反抗还是保持沉默?

我问她三点。

第一,该同事在单位口碑如何?

她答:"出了名的爱说人是非,绝大部分同事都不愿接近她。"

第二,你是如何知道她在背后说你坏话的?

她答:"听到的人告诉我的啊,他们觉得我不是这样的人。"

第三,说的可是事实?

她答:"当然不是,纯属臆造。"

我说:"这不就得了。"

首先,此人人品不咋样,众所周知,她应该不单单说你的坏话,也会说其他人的坏话,但凡有独立判断能力的人,都不会轻信。因此,她说的话,未必人人都信,也未必对你造成多恶劣的影响。

其次，听到者能来告诉你，说明这些人是信任你、了解你的，他们只是好意提醒你，让你对那人有所提防。所以，相信你的人始终相信，而那些不认识你的人或许会信，但这又有什么关系？你并不需要人人都喜欢你。

最后，你光明磊落，完全经得起考验，又何必在意别人怎么说。

今天，恰巧在微信里看到一则小故事：

一个人工作优秀，屡屡受到领导的表扬，这引起了同事的妒忌，同事经常在背后捕风捉影地说他一些坏话。

他很苦恼，登门拜访大师，问有什么妙方。

大师把他带到阳光底下，对着他的影子踢上几脚，问："痛吗？"

他不解地说："你踢的是我的影子，又不是踢我，怎么会痛呢？"

大师又问："一些人妒忌你，说你的坏话，他们说的都是真的吗？"

他说："当然是无中生有、捕风捉影的事。"大师说："他们踢的是你的影子，而不是你。他们踢疼的，不是你，而是他们的腿，你又有什么可痛苦的呢？"

我把小故事转发给朋友，她莞尔一笑，说早已释怀。

我们每个人在一生中，都或多或少会遭遇这样的烦恼：有人背后说你坏话，或者觉得你不好。

不论说的内容是真是假，归根结底一句话：有人不喜欢你。

我们都是凡人，都希望得到他人的认可，听说有人不喜欢自己，难免伤心难过，尤其是当我们觉得自己并非议论者口中的那般模样，更是满腹委屈、义愤填膺。

这很正常。人是社会之人，一个人的幸福感，绝大部分来源于自我的肯定，还有一部分来源于外界的认可。

人人都渴望被人喜欢，受人尊重。

但我们必须承认一点：这个世界上，不可能人人都喜欢你。

你再好，再优秀，还是会有人不喜欢你。而你再差，再坏，还是会有人喜欢你。就如世人都觉得杨康卑劣，穆念慈却依然爱得深切。

抛却"人无完人"一说，外界对一个人的评价，从来都不会是一个答案。因为评论者也是人，人与人之间就是千差万别的，萝卜白菜，各有所爱。

打个比方。一个对谁都不会说不的老好人，有人会赞他性情温和、乐于助人，但也有人会说他生性软弱、难成大事。一个坚决果敢的人，有人会赞他雷厉风行、敢说敢做，也有人会骂他独断专横、不近人情。

对于吃瓜群众来说，这么说，那么说，往往取决于人的第一感觉，跟客观还是不客观并没多大关系。

介绍或讨论一个人之前，我们总喜欢加上一些修饰词，比如这是一个很好的人，或者这是一个不太好的人。也可能加上善良、正直、能干、大度等褒义词，或者阴险、小心眼、势利等贬义词。

但我更喜欢自己接触了以后再去评判，而不是听说这人怎么样。

我觉得，那是对被评论人的尊重和负责，也是自己作为一个社会人的涵养。

当然，我的评价也只代表我个人的看法，也是主观的，所以，评价一个人前，也会加一句："我个人觉得……"

没有真正接触过，被问及对某人的看法，只想说"不了解"。

我相信，任何一个成熟理性的人必然有自己的判断，不会因别人的一两句话，完全否定或肯定一个没有深入接触过的人。这就是所说的"谣言止于智者"。

我们有时候很相信第一眼的感觉，聊几句天，做几个动作，便可知道对方能否成为朋友,这就是所谓的"眼缘",我觉得有很大的可靠性。我和好几个朋友,基本都是第一次接触就互有好感的。

但我更相信日久见人心。眼见都不一定为实,更何况只是一两次的感觉。

曾经与朋友们探讨一个很有趣的话题:真正认识一个人,最好的办法是什么?

得出的结论很一致:最好的方法,就是与他做一回同事,还得是那种工作接触较为密切的同事。

同事关系,是非常特殊的一种关系。和同事在一起的时间,远远超过与家人和朋友共度的时间,还经常有工作要沟通,可以说,熟悉得不能再熟悉,性格中的优缺点暴露无遗。但这种关系又不会亲密到无间,人与人一旦亲密无间就会丧失评判的客观性,比如家人、好友,所以同事之间,就像是最熟悉的陌生人,除去个别有私人恩怨的,大部分同事做出的评价还是相对客观的。

一个大多数同事说好的人,断不会差到哪里去,而一个大多数同事说不好的人,也不会好到哪里去。

所以,完全不必介意少数人对你的看法。

再扯开去说,人与人之间是有磁场的。也就是说,喜欢你的人,和你必然相互吸引,而不喜欢你的人,和你必然相互排斥。

我曾经安慰一个朋友说,有人不喜欢你,或许是因为妒忌你呢。

这是玩笑话。但一个人人都说好的人,恐怕也是没什么个性的。

喜欢你的人始终喜欢你,不喜欢你的人始终不喜欢你。

何必要人人都喜欢你呢,活在别人的眼光中,多累!迎合每个人,多累!

别人要踢你的影子,那就踢吧,痛的是别人的脚,你自悠然堂中坐,谈笑有鸿儒。

做真实的自己,做不断成长的自己,才是真谛。

## 那个含着泪谢谢你的小人物

春节过后,收到同一个陌生号码发来的两条短信。
"我从老家回来了,给您带了土特产,明天给您送过来。"
"真的不值几个钱,但是我一片心意,您一定要收下。"
两条短信间隔了半小时。
几天前,不小心操作失误,手机通讯录丢了近一半的号码,不确定对方是谁,只好回:"你是?"
没过几秒钟,电话打来了。对方一开口,我就知道了。
"我就是那个小孩的妈妈,您不记得我了?山东的,来过您办公室,小孩读书的事情……"
小心翼翼的语气,结结巴巴的表达。听得出她的腼腆和紧张。
"哦,是你呀,我记得,你儿子眼睛特别大。"我说。
一听我记得她,她高兴得笑出声来,连连说:"对对,就是我,就是我。"
我怎会不记得她呢!半年前,她带着一个七八岁的小男孩,一头冲进我的办公室,还没说话就已经泪流满面。身边的小男孩眨巴着大眼睛,一脸迷茫地看着她。

小孩子要在这里读书,回老家开证明,中间奔波了几个来回,错过了报名时间。学校告诉她,这边没法读就只能回老家读,老家公婆都去世了,孩子没人管,丈夫身体也不太好,夫妻俩分居两地也不行……

"你看,孩子很聪明,他会背好几首唐诗,画画也特别好,他真的很聪明。"她摊开几张皱皱巴巴的纸,给我看他儿子写的字、画的画,纸上沾满了她手上的油渍、汗渍,就如同她身上的衣服一样斑驳。

我赶紧帮她打了电话,并不是什么原则性的问题,事情很快就处理好了。临走时,她拉着她虎头虎脑的孩子,深深地对我鞠了个躬,反复说:"你是我家的大恩人。"

反倒搞得我不知所措。

说真的,长这么大,我还是第一次听到如此隆重的感恩戴德的话。

事情过去了这么久,她长什么样,我都已经模糊了。我告诉她,我已经调离了,谢谢她的好意。她意外地"啊"了一声,说:"我回老家前还去您的办公室找过您。那这样,我给您送到家里来,您告诉我地址就行。"

我说:"真的不用了,我家离你那儿挺远的,不方便。"

她坚持:"没事的,我可以坐公交车。"

真是个执拗的女人。

来来回回拒绝了好几次,她终于说:"那好吧,您多保重身体。"

语气中掩饰不住失落。

放下电话,短信又来了:"你是我家的恩人,我一辈子都不会忘记您。"

几天后,老单位同事给我打电话:"快下来,我在你家楼下。"

"喏,给你,还挺沉。"同事从车后备厢抱出一个箱子,说,"可不是我送你的,是一个三十多岁的女的,外地口音,找到我办公室,一定托我带给你,她说你知道她是谁。"

箱子上印着几个红艳艳的大字:山东特产。

是一箱苹果。真的很沉,从山东到浙江,一路火车颠簸,拉着行李上下,还拉扯个小孩,她居然就把一箱苹果这么扛过来了。

我把这个故事告诉朋友老徐,他唏嘘了一阵,说:"你有没有发现,我们帮助过许多人,有大事,也有小事,最终,口口声声记住你的、念念不忘谢谢你的往往都是小人物。付出的是我们眼中不足挂齿的努力,得到的却是超乎我们预料的感恩。"

所谓的小人物,是相对的。说到底,我们大部分人,都是芸芸众生中的小人物,微不足道,犹如一粒沙,在滚滚红尘中摸爬滚打,择一处安身立命,各有各的卑微,各有各的无奈。但总有人比你生存得更艰难、更无助、更渺小。就像有些事,对你来说是举手之劳,对我来说需踮踮脚,对他来说却是难于上青天。

老徐告诉我的另一个故事,则更让我喟叹。

老徐有一个曾经身居高位的朋友,后来出了事进了大牢,老徐去看望他,从天堂到地狱,一夜白头的他对老徐说:"我算是真正明白'摘掉帽子你是谁'了。那会儿,帮过的人不计其数,大到安排工作、照顾生意,小到打个招呼提高点办事效率,我认为帮过大忙的,一个都没来看我,避之不及,可悲吧?倒是有一个我意想不到的人来看我了。"

老徐朋友口中意想不到的人,是他的小学、初中同学,同一个村一起长大的发小。他成绩好,考入了高中,又考上了大学,最后学而优则仕,进了机关;同学成绩不好,初中毕业就进城打工,早早结婚生子了。刚工作那几年,春节回家还联络下,后来他官越做越大，在城里安了家，把父母也接了出来，慢慢就断了联系。直到几年前，他突然接到同学的电话，对方支支吾吾了半天，大概是好久不联系了，好不容易打听到他的号码，就壮着胆子打一个试试。末了，同学呼他的小名，说："能不能帮我一个忙，我儿子的事情。"电话这头的他皱了皱眉，心想又是帮找工作吧。结果同学说："我儿子考上你那地方的大学了，听说离你单位挺近的，今天是他的生日，这几天工地里特忙，我过不来，你能不能帮我买个礼物给他？哦，对了，我儿子喜欢吹口琴，买个口琴给他就行，钱我汇给你。"他舒了口气，这么点儿事，立刻派人买了口琴送到学校。

后来，同学给他打电话要账号，他正在开会，随便应付了几句，说便宜东西，不用汇款了，就挂了。再后来，忘了哪天，门卫给他送来一个包裹，里面是老家的笋干菜等。寄件人一栏，歪歪扭扭写着同学的名字。

说真的，那时候，这样的小事，在他忙碌的工作和光鲜的生活中，连个插曲都算不上。他甚至都没想过，那个同学，今生还会和他有什么交集。

直到同学提着大包小包，出现在栅栏的对面。这头，他已然是一个穿着囚服，剃着光头，光环褪尽，一脸沧桑，普通得不能再普通的迟暮男人。同学看着他，只说了一句"你受苦了"，便背过身去用衣角抹起了眼泪。

他唉声叹气："我在位的时候，也没帮过你什么，你还来看我。"

同学说："怎么会，你帮过我大忙，你送我儿子的口琴，可好了，至今他还用呢。那时候，你多忙啊，还能理会我这个寒酸同学，我很感动。"

他终于忍不住也哭了。

这些年，求他帮忙的，大都是和他有所来往的人，世俗点讲，都是这个社会上有些脸面的人物。帮不成的不咸不淡，帮成的道一句感谢，然后随着他工作的变动，大部分人从一开始的感恩戴德到时过境迁后的人走茶凉。也是，对于很多人来说，再大的恩情，走着走着，似乎也就淡了，忘了，理所当然了。

他没想到，他这个同学还一直记着，这点微不足道的，甚至令他惭愧的好。

他更想不到的是，他服刑期满出狱后，无意中和同学谈起他想做点小生意，第二天同学竟拿了五万块钱过来，说儿子混得不错，每年给他零花钱，他都积攒起来了，放着也没什么用。

多年前，意气风发的他，怎能想到，多年后，他竟受小人物的恩惠。

我参加过一个"最美环卫工"的颁奖仪式。精美的礼堂内，他们换上平时舍不得穿的衣服，以最体面的打扮，最隆重的姿态，端端正正地坐在颁奖席上。当音乐响起，摄影灯闪烁，他们整整齐齐地上台，怀着无比紧张又激动的心情接过证书和奖章。拍照留念的时候，站得笔直，脸上露出拘谨、腼腆的微笑。掌声雷动，有些人的眼里，闪出了泪花。颁奖典礼结束，他们退去了忐忑不安，喜悦、兴奋慢慢涌上心头，舍不得摘下大红花、红绶带，就这么戴回家去吧，仿佛这是一种无上的光荣……

我看着他们，居然也感动到哭。

也许你不以为然，甚至觉得有些好笑。但是，你不能理解，这也许是他们一生中最大的荣耀，而这些荣耀，足以支撑他们在以后风吹日晒雨淋的日子里，越发勤恳敬业，越发无怨无悔。

他们，也是小人物。

我们不得不承认，我们中的许多人，随波逐流地给走进自己生命的众人分门别类，而自己，则毫不犹豫地跨入了自认为是同类的那扇门，在看似熙熙攘攘的繁华热闹中，春风满面皆朋友。那些小人物，则被安静地放在了另一扇门，偶尔打开看一下，说几句疏离的旧话，或者心血来潮来个拥抱，随即又忙不迭离开、遗忘。

不到水穷处，怎看白云起？就像微信朋友圈里流传的那段话所说："男人只有穷一次，才知道哪个女人最爱你。女人只有丑一次，才知道哪个男人不会离开你。人只有落魄一次，才知道谁最真诚，谁最在乎你。陪伴，不是你有钱，我才追随。珍惜，不是你漂亮，我才关注。时间留下的，不是财富，不是美丽，是真诚。"

是的，时间会告诉你，在你的一生中，在你身边来来往往的所有人中，谁曾经与你打得火热，最后却分道扬镳；谁看似云淡风轻，却始终不离不弃。

留到最后的那些人，真的与身份无关，与贫富无关。

任何时候，都不要怀疑，这个险象环生的世界里存在的阳光和雨露；任何时候，都不要轻视，那些红尘中的渺小和平凡；任何时候，都不要吝啬，你以有限的能量，能给予的温暖和慰藉。

漫漫人生路，没有谁活得容易，也没有谁能保证一辈子顺风顺水。听不懂的禅语，看不透的人心。但你要相信，只要你付出所有善意，岁月终将会赐予你满满的温柔和感动。

## 好难的"下"

小时候,过年去姑妈家做客,需要翻过两座山。山是那种野山,路或许不该叫路,是一条细细的附近庄稼人踩出来的羊肠小道,布满泥沙、石头和倔强蹿出来的不知名植物。那时候的天气好像比现在冷许多,过年总会下好大的雪,白茫茫一片。

爷爷带着我,一手拎着两个"包头",也就是我们现在说的走亲戚随手礼,里面是枣子或者蜜饯,一手拄一根粗壮的树枝当拐杖。我也拿一根树枝,一边走,一边调皮地在雪地上画画。上山的时候,爷爷总是转头催我:"加把劲,快点走,不然我们赶不上午饭了。"瘦小的我呼哧呼哧喘气:"爷爷,上山快不了,太累了,等会下山我肯定超过你。"爷爷笑:"上山容易下山难,下山可不能太快,也不能太用力。"我不以为然:"下山有什么难的,多轻松。"等到下山,我的腿已经有点发软,人却松了口气,接下去,我可以不费吹灰之力一路跑着下山。

作为从小漫山遍野跑的山里娃,我有这样的自信。

但很快,我遭了殃,坡陡路滑,速度太快,一下失去了重心。在爷爷的惊叫声中,我重重栽了个跟头,咕噜噜滚了下去,要不是小路弯曲，旁边的树木挡住了我，估计小命都没了。

吃了苦头的我非要搞个明白："为何下反而比上难呢？"

爷爷说："上山阻力大，所以你要用力；下山没有阻力，你就不好再用力了。"

我还是不懂。

直到许多年以后，我上了力学课，知道了地心引力，也知道了力的作用是相互的，才明白爷爷虽然没读过书，但把道理悟对了。

上山时自身的作用力是向上的，与重力的方向相反，故成平衡，除了费点力气外，危险性较小；而下山时自身作用力也向下，与重力的方向一致，这样平衡就不好掌握了，弄不好冲力过大，就会发生危险。而且，下山时，下肢要承受几倍于人体自重的力，膝关节压力过大，也会损伤。

这样一分析，"下"比"上"难就不足为奇了。

"下"，是人生最大的智慧。

可我们终其一生都在执着于"上"，读书求上等，物质求上品，地位求上层，事业求上升，股票求上涨。我们总觉得"上"最难，也最珍贵。

我们不懂得"下"，不舍得"下"，更不甘于"下"。

人世繁华，我们却慢不下。

身心疲惫，我们却停不下。

千头万绪，我们却静不下。

梦想尚存，我们却沉不下。

明知无谓，我们却放不下。

高处不胜寒，我们却降不下。

退一步海阔天空，我们却忍不下。

……

我们一生，都步履匆匆，因为不懂、不舍、不甘"下"，人间繁华来不及享受，身心俱疲来不及整顿，千头万绪来不及思考，初心梦想来不及实践，该放弃的没有放弃，该珍惜的没有珍惜，该忍耐的没有忍耐。

在某个时间，某个地点，我们是需要"下"的，我们也要舍得"下"，享受"下"。累了就休息一下，烦了就安静一下，疑惑时思考一下，有些委屈忍一下，有些人及时放下。这片刻的"下"，方能支撑我们从容面对此后之忙碌、疲惫、困惑，这样我们方能精神饱满，头脑清醒，整装待发，追求更有意义更高境界的"上"。

当然，这个"下"，千万要把握火候，就像我那次下山，用力过猛，麻痹放纵，那是要栽跟头的。

## 那样的断舍离，太傻

"好久不见。"她坐在我对面，轻轻地说。

真的是好久不见。细细算来，应该有二十年了，以至于我看着她，居然不能清晰记起她二十年前的模样。那时，我们还是初中生。

五天前的中午，在忙忙碌碌晕头转向的一上午后，打开手机，看到她的微信，一共两条。

第一条："过些时候我会去绍兴。你有空吗？我们聚一聚。"

第二条与第一条隔了一个小时，她说："如果忙的话，也没关系。"

可以想象，她发微信时的那种小心翼翼。

毕竟，我们二十年没见了。

毕竟，初中的时候，我跟她的关系不算太亲密，甚至，在我的记忆里，我们只是点头之交。她最好的朋友并不是我，而是另一个女孩子，她们几乎形影不离。

选在一家咖啡馆和她见面，这家咖啡馆坐落于古城历史保护街区的小巷子内。咖啡馆很小，只有两个桌子，四个人的位置，但胜在幽静雅致，店门口的桃花树已有些年头，毛茸茸的小桃子缀满了枝头。

挺适合聊天的一个地儿。

终究是年少时的朋友，一番回忆下来，彼此已是十分亲切熟悉。

"某某最近怎么样？"我问她，某某是我前面说的她的好友。

"不太清楚，好久不联系了。"她用吸管搅了搅果汁。

"啊，你都不清楚？我记得读书时，你们特要好，我们甚至都怀疑你俩的关系非同一般呢！"我惊讶。

她看着我，自嘲地笑了笑："刚毕业那会儿，我们经常一起吃饭、聊天，后来，她嫁人了，老公挺有钱的，过的生活就不一样了，慢慢地也就疏远了。如今，她住的是别墅，微信里每天都是健身、美容、旅游，而我呢，还在为生计奔波，她有她的新圈子，跟我也没什么共同话题了吧，应该不再需要我这种朋友了。"

我唏嘘："可你们曾经是多么好的朋友！"

"富易妻，贵易友，很正常的。"她叹口气。

她不是第一个告诉我这句话的。

富易妻，贵易友。

高中时读汉史，看到这六个字并没多大感受，反倒是深刻记住了宋泓的那句话："贫贱之交不可忘，糟糠之妻不下堂。"

那时坚定地认为，这不是理所当然的吗！

有钱了就要换老婆，显贵了就要换朋友。怎么可以这样！

然而，如今，这样的例子并不少。和几个朋友聊起这个话题，大部分人居然觉得是有道理的。他们说如果"富易妻"还涉及道德层面的问题，"贵易友"则完全可以理解，随着财富、地位、身份的变化，与原来的朋友逐渐失去了共同话题，物质上不在一个层次，精神上不在一个空间，又如何能亲密如初。

可以理解，却无法认同。

在我的观念里，吃过几顿饭、聊过几句话的只能称得上相识或者熟人，而不能称为朋友。熟人变成朋友，是需要天时地利人和的，是需要心灵相契的。知己，则应是朋友中的朋友，是可遇不可求的，而一旦拥有，该如伯牙子期般高山流水："摔破瑶琴凤尾寒，子期不在对谁弹？春风满面皆朋友，欲觅知音难上难。"当春风满面皆是所谓的朋友，那么贵易友也在情理之中了。

人这一生，是做加减法的一生，无论是生活还是工作，都是不断变化、筛选、取舍的过程。生命中来来往往的人不计其数，有些像浓烈的酒，一开始轰轰烈烈、你侬我侬，最后却了无痕迹，暗淡收场，甚至再无音信，徒留"向来情深，奈何缘浅"的感叹；有些则如白开水，淡淡的，没有强烈的存在感，你甚至品尝不出它的味道，但它融入你的血液，无论你换了多少手机号，变了多少聊天工具，他们都能第一时间找到你，从不远离。

所以，曾经对你说"我们永远不分离"的恋人如今客套地说着"你好"；曾经和你一起哭一起笑的兄弟形同陌路，你甚至记不起他的模样……我们身边的人，在熙熙攘攘的尘世里，每一阶段都是不同的集合。

可真正的朋友，却是贯穿你的一生的。

记得刚参加工作时，很偶然的一次机会，和一个身居要职的领导聊天，他说，一个人飞得越高越寂寞，因为你无法确定，身边那些对你好的人，是不是真的对你好，有没有其他目的，当你的光环褪去，他们会不会一如既往。所以，务必珍惜那些在你还是无名小卒时，在你穷困潦倒时，帮助过你的朋友。你会发现，人的感情是有限的，朋友也是有限的，一生的朋友，其实没几个。

确实如此。

几年前，我和先生决定换房，因为居住的房子一时间还卖不掉，首付款不够，只好借钱。那是我一生中第一次借钱。尽管金额不大，但借钱的滋味，对我来说，却是羞愧难当。我向几个朋友支支吾吾地说明原委，末了，不好意思地保证：两月内连本带息一定还清。

都说想要友谊的小船翻掉，最简单的办法就是借钱。所以，并非我不自信，而是小说中、电视中因借钱崩裂的感情太多太多。人性，很多时候是经不起考验的。而我，并非为了考验，却也害怕由此伤了朋友间的感情，更伤了自己的心。

结果，他们的一致反应是暴跳如雷，把我一通教训："吓一跳，还以为出啥事了，不就是借点钱吗，你如果要给利息，就不借了。"

十分钟内，二话不说就把钱打过来了。

说真的，感性的我当时眼泪就下来了。

我发誓，这辈子，都会好好珍惜这些朋友，"两肋插刀，在所不惜"。

如今，我回首三十几年的人生，来来往往的人何其多，却依然只有个位数的朋友，而那几个借钱给我的朋友，一直在名单里。

距离近的，会经常相聚，一起出游，如同手足；距离远的，也会彼此关爱，哪怕几年未见也不会觉得生分。远在美国的大学好友，回国时断然不会忘了来小城和我一聚，依然可以打打闹闹睡一个被窝聊通宵；不在同一城市的发小，可以在深夜驱车近百里，就为了给我送一箱他觉得好吃的苹果……

这样的友情，又怎会是富贵或者贫穷所能影响的？又怎会舍得放弃？

当然，我并不否认，人需要志同道合的朋友，也就是精神契合之友，但精神是否契合，并不是决定能否成为一生的朋友的首要因素。因为朋友也分很多种，例如孔子的"益者三友"：友直，友谅，友多闻。博学多闻，与你有共同话题的人固然是知己类的朋友；而正直、包容，在你危难之时能挺身而出的朋友，更是难能可贵。

因富贵而易了曾经真心真性情的朋友的，我只能说，太傻。

我始终相信，凡是轻易断舍离的，不是缘浅，而是情不深。那样的感情，不必追。

彼此间有真正的感情的朋友，可以共患难，也能同富贵，更能跨越富贵和贫贱的阶梯，并肩坐在草地上，你爱聊天她爱笑，一不小心睡着了，梦里花落知多少……

# 我是谁

老C算是我的忘年交。

与他相识,缘于很多年前单位搞的一次活动,请他来讲课,我住得离他家最近,负责接送的任务自然而然落到我身上。

接他前,领导特意叮嘱我,C老师德高望重,在教育界颇负盛名,务必谦恭有礼,谨慎驾驶。被领导这么一说,一路我都在想象,老C是怎样一个严肃的老学究形象。

按照约定的时间,我特意提早了五分钟到达他所在小区的大门口。谁知道,这个精神抖擞的老爷子,提着个电脑包,老早等着了。上车后,我赶忙道歉:"C老师,不好意思,让您久等了。"他哈哈一笑:"该说对不起的是我,是我早到了,怕你停车不方便。"

人和人之间的关系,真的很奇妙。几句话,基本就能知道,这人是否和你在同一个频道。酒逢知己千杯少,话不投机半句多,古人说得一点没错。

我和老C,一见如故。

他学识渊博,说话极为幽默,表情颇为丰富,偶尔还语出惊人,如果不是满头银发,完全比年轻人更年轻,有时候率真得像个孩子。

如果只能用两个字评价老C，那必定是：有趣。

当然，那天他讲的课，同样精彩绝伦。

离别时，他把名片给我，名片上只有寥寥几个字，他所在的学校和他的名字，外加一个手机号。

没有一连串的职务和身份，甚至没有任何多余的用词。

他的身份，仅仅是老师而已。

工作十余年，见过的人不算少，但真正称得上有趣的，没几个。这个世界，有太多无趣的人，尤其是如他一般套着光环的人，一言一行，几乎都像是一个模子刻出来的。他们极有分寸，说话滴水不漏，表情客套淡定，偶尔恩威并施，绝不会在外人面前露出一丁点"不成熟"的表现来，更别提天真的孩子气了。你说不出哪里不好，但也说不出哪里好，总觉得他们就在你面前，却隔了厚厚一层透明玻璃。

老C这老头子，真实得可爱，我打心眼里喜欢。

但我对老C由喜欢到敬重，是在听说了他的一段往事后。

据说，老C三十岁不到就在学校崭露头角了，才华横溢，教学独树一帜，深受学生喜爱。另外他文笔绝佳，经常在当地的报纸上发表文章，但混了十几年，也没混出什么大名堂来。四十岁那年，命运之神突然眷顾他。某日，刚上完课，他被校长传唤，他一进门，校长先一通恭喜祝贺，原来因为报纸上那些文章，他被当地一身居要职的领导相中，领导要调他到机关写材料。这在当时可是别人羡慕都羡慕不来的好事，领导身边，核心部门，熬几年，出头之日指日可待，怎么也好过一辈子当个寒酸的普通教师。

学而优则仕，老C这匹千里马，终于被伯乐发现了。

然而，出乎所有人的意料，老C沉默了几秒钟后，当场就拒绝了。

他对校长说："那个岗位，不适合我，我还是继续当我的老师。"

校长震惊地问:"怎么就不适合了?你情商不低啊,与同事相处得都不错;学问不低啊,写材料完全不成问题。这两样,足以让你胜任啊!"

老C斩钉截铁:"我知道我是谁,找个理由推了吧。"

就这样,老C这一辈子都没离开过学校。当然,后来的他,名气越来越大,越来越多的单位邀他讲课,大大小小的官员,几乎都听过他的课。

我问老C:"是因为热爱这三尺讲台吗?"

他说:"这个占了一半缘由,但不是全部。"

"那另一半呢?"

"因为我知道我是谁。"老C还是那句话,"你想,我这只爱自由的猴子,倘若套上个紧箍咒,哪怕让我当个神仙,我会高兴吗?我太了解自己了,我知道我的价值在哪里,个性适合哪里。讲课,能让我五湖四海,随意发挥,我甚至可以手舞足蹈,看着讲台下听得津津有味的学生,那种自豪感和成就感,可不是一官半职能比的。放假了,我可以游历四方,陪伴家人,读万卷书,行万里路。吾身吾心,愿得自在。"

突然就想到了三毛。痛失荷西后,三毛回台湾,到文化大学任教,面对不胜其烦的应酬邀约和朋友探访,她在《野火烧不尽》一文里清冷地谢绝:"爱我的朋友,你们真正知心吗?知道我也有一颗心,而不是浮名三毛吗?人生一世,也不过是一个又一个二十四小时的叠织,在这样宝贵的光阴里,我必须明白自己的选择,是为和朋友相聚的累和欢喜,还是为自己的学生。如果老师不读书、不冥想、不体验,不下决心过完全挡掉应酬的生活,如何有良知面对学生们给我的成绩?"

一个人,能认识世界、认识他人,不是一件简单的事。而能认识自己，则不是一件平凡的事。

我是谁？

我是父亲，我是母亲，我是企业家，我是艺人，我是老师，我是医生……

我，似乎只和身份有关。那些身份，是外人给我的，所以那个我，是外人眼中的我。

可是，那个内心的我呢？

早就消失不见了，消失在了随波逐流里，消失在了滚滚红尘里。

正如三毛所说，我们由人而来，便喜欢再回到人群里去。明知生是个体，死是个体，但我们不肯探索自己本身的价值，而过分看重他人在自己生命里的参与。于是，回首一生，往往少年老成，青年迷茫，中年喜欢将别人的成就与自己相比较，要么自喜，要么受挫。一生复杂，一生追求，老了依旧没有成长。

老C和三毛，都是不平凡的人。

## 予你知遇之恩的人

早晨，还在梦里，接到她的电话，声音大得快要震聋我的耳朵："快起快起，陪我好好逛个街，今天我们必须大吃特吃，大买特买。"

我迷迷糊糊："大姐，这一大早的，你抽什么风啊！莫名其妙！"

"我们公司终于走出困境了，银行、供货商、客户那边都搞定了，这半年，可折腾死老娘了，可不得好好庆祝下！"她兴奋地说。

机关枪似的语速，一如既往。

还真是大喜事，我一跃而起。

半年前，她任职的公司陷入危机，倒不是自身经营不善，而是担保的企业出了问题，银行一收贷，产生多米诺骨牌效应，朋友所在的公司资金链断裂了。他们是担保金额最大的一家，弄不好随时面临倒闭。

她一筹莫展："当初我是提醒我们老板不要给那家企业担保，我仔细了解过，那家企业风险很大，但我们老板重情义，说那家企业的老总在他最困难的时候拉过他一把，又是同乡，如今来让他帮忙担保下，他又怎忍心开口拒绝。你看，现在果真套牢了吧，泥菩萨过河——自身难保了。"

我说:"你这个大名鼎鼎的企业高管,又是资深财务总监,还怕没有下家啊,估计别的企业老早争先恐后抛来绣球了吧。良禽择木而栖,你这只好鸟到底怎么打算?"

这并不是玩笑话。光我所知道的,就有好几家大公司欲高薪聘请她。

她摇头:"士为知己者死,我这只好鸟啊,就打算一棵树上吊死了。"

末了,她一口气喝完杯中的啤酒,一本正经地说:"没有他,就没有今天的我。对我有知遇之恩的人,我必生死相依。"

这样的她,特像电影里侠肝义胆的勇士。

果然,她没有一走了之,不仅没有一走了之,还救活了公司。

"恭喜啊,公司没死,你也没当成烈士。"我打趣。

我认识她的时候,她还是公司里一个小小的出纳。

大学毕业没多久,农村出来的孩子,在这个不大不小的城市,没关系没背景,甚至一个认识的人都没有,单薄得可怜。幸亏她是个没心没肺的乐天派,从未觉得生活有多艰难,和人合租在四十平方米的老房子里,穿着从夜市淘来的廉价衣服,吃着便宜又美味的路边摊,照样乐呵呵的。每天上班,她骑着一辆二手自行车,一路哼着歌穿越大街小巷,马尾辫在空中飞扬,生活美好极了。

公司规模不算小,老老少少的员工加起来,足足三百多人。十年前,她那样的大学生,早已烂大街,就算研究生也不稀奇。在这样一个熙熙攘攘的公司里,在出纳这样一个事务琐碎的岗位上,她并没什么出挑的机会和优势,接触的最高职级的领导,就是财务经理。她要做的,仅仅是按部就班、埋头苦干,确保不出错。

大老板是个神龙见首不见尾的人。她很少见到他,即使见了,也是远远地看到他飘过,或者是几百人的大会上,听他在台上讲话。

她与他距离最近的一次，就是有一年公司的团拜会，她被评为优秀员工上台领奖，轮到她，恰好是他颁的奖。他握了握她的手，笑着说："祝贺你。"可第二天，她办完业务回公司，在楼下与他偶遇，他面无表情地走过她身旁，似乎一点都不记得她是谁。这个并不高大的中年男人，神秘又让她敬畏。

那时候的她，觉得这辈子应该就会这么一直默默无闻、平淡无奇了吧。

工作五年后，一次偶然的机会，她代表财务部参加公司举办的一个演讲比赛，题目是《我想对公司说》。演讲比赛上，几乎所有的选手都在表达着对公司的感激之情，对公司现状的自豪之感，对公司未来的自信之意。确实，那段时间正是公司业绩高速增长期，所有人春风拂面、岁月静好。在一片歌功颂德、你好我好大家好的欢乐氛围中，她的发言无疑像一颗石子砸进了平静的湖面。她从一张财务报表开始分析公司这几年存在的潜在风险，最后，她说："我想对公司说，没有不变的时势，只有不变的思维，于和平中看战争的端倪，于发展中看应变的策略，公司才能像常青藤一样，拥有长久而鲜活的生命力，否则必将如温水煮青蛙，最终怎么死的都不知道。"

台下一片哗然。

她几乎是一路低着头、红着脸回到座位上的。她完全没想到，她口无遮拦的一些话居然会引起大家这么大反应。初生牛犊不怕虎，说的就是她了吧。

她更没想到的是，她的命运，从那天开始发生转折。

那次演讲比赛，她的大老板坐在台下，认认真真地听完她讲的话，扭头对人事部经理说："这小姑娘，值得培养。"

没多久，她被任命为财务部副经理；过了两三年，升为财务总监；又过了两年，公司副总的任命书轻轻地落到了她的办公桌上。

前五年，她还是那个名不见经传的小出纳，而后八年，她完成了从小职员到业界小有名气的企业高管的蜕变。

十多年的时间，一个懵懂的小丫头，在变幻莫测的职场中，如雨后的小荷，亭亭玉立。

其间，他曾如兄长般轻易谅解她工作中的小失误，也曾如父亲般严厉批评她的小骄傲，但更多的，则是如老师一样耐心细致地传道授业解惑。

对她来说，他亦师亦友亦兄长。

她从未当面对他说过一句感谢的话。

当她慢慢强大，而他遭遇困境时，她则毫不犹豫地选择不离不弃、患难与共。

唯有不辜负，才是最好的感恩。

人生得一知己足矣。然而，知己之情诚然可贵，知遇之恩更属难得。那个予你知遇之恩的人，他不仅懂你，更赏识你、帮助你，扶你横刀立马，助你披荆斩棘。

更重要的是，他让你认识一个完全不同的自我，带你进入一片广袤无垠的天地。最终，你不断成长，找到一生的归属和意义。

所以，有三种恩情，我们一辈子都不能忘：养育之恩、相伴之恩、知遇之恩。第一种恩情予我们生命，第二种恩情予我们温暖，而第三种恩情，则赋予我们成长的土壤、生命的厚度，让我们遇见那个更美好的自己。

千里马若没有伯乐，终其一生大概也就是马厩中那匹一日三餐求温饱、每日负重前行还要被鞭笞的普通马，徒有天赋神力，徒有远大梦想，也不敢奢望驰骋沙场、纵横天下。

不要说什么是金子总会发光，不要说什么全靠个人努力，这世界，怀才不遇的人多了去了。普通马和千里马的距离，或许就一个伯乐而已。

这是她告诉我的，也是我想说的。

## 愿你成为自己喜欢的样子

和好友晒着太阳闲聊,她说工作又忙又琐碎,关键是忙了半天回过头却没有一丝一毫的成就感,感觉又忙又空虚。

"你知道吗?我无数次幻想过把辞职报告往我们老板那儿一甩,抛下一句'老娘不干了',然后扬长而去……"她说这话的时候立马由颓废转兴奋,两眼都放光,表情可爱至极。

"可是一想到这份工作好多人求之不得,顿时就垂头丧气了。我觉得自己真是窝囊得很。你呢?你喜欢你现在的样子吗?"最后,她问我。

我一时怔住,不知该如何作答。

说实话,我没有认真思考过这个问题。

大学毕业那年,也就是十二年前吧,和室友A在学校附近的小餐馆里抱头痛哭。抹干眼泪,A说:"现在的自己一无是处,但我坚信,十年后的我,一定会是自己喜欢的样子。"

A在大学四年里浑浑噩噩,拿她自己的话说,就是什么也没学到,甚至连高中记住的那些都还给老师了,当别的同学都找好了工作,她却是毕业就面临着失业。

十年后，她从美国回来看我。在咖啡馆迷离的灯光下，她打扮得体，妆容精致，一颦一笑都散发出时尚职业女性的感觉。

看来混得不错，我问："现在的你应该是你喜欢的样子了吧？"

她说："这十年，我一直很努力，从一家小公司的打字员做起，三百六十五天天天无怨无悔地加班，冬天在没有取暖设备的出租屋里冻得瑟瑟发抖，夏天满头大汗地熬夜背英语单词，考各种各样的证书，遭遇过冷落、骚扰、失败、失恋……最终，我在世界五百强的公司上班，拿了美国绿卡，出入豪华酒店，坐飞机就像坐巴士。我曾经沾沾自喜，心想，十年蜕变，我终于变成了自己喜欢的样子。可是有一天深夜，当我发着高烧独自去医院，看着身边来来往往的人，心里充满了疲惫，突然觉得，这些年我就像一个勇猛的战士，一路狂奔，披荆斩棘，但我的内心从未真正地安定过。现在的我，其实并不是自己喜欢的样子，而是别人喜欢的样子。

"你知道我当初的梦想是什么吗？在一个喜欢的小城市，开一家小小的花店。每天清晨，闻着清香，看花瓣上的露珠晶莹透亮，对每一个前来买花的人微笑问好。然后，我把这个想法告诉我的父母，你知道我父母怎么说吗？他们说，花了那么多钱，费了那么多心血，供你上名牌大学，就为了让你做一个初中没毕业就能做的工作？说出去丢死人。"

她学着她父母的口吻，惟妙惟肖，我们两个都笑起来。

"所以，对不起，我没有兑现十年前的承诺，我还是不喜欢我现在的样子。"她说。

我看见，她的眼角，居然已经有了细密的皱纹。

可又有多少人，能听从内心、不忘初心呢？

我认识一个女孩子，顶着外界巨大的压力和内心无尽的纠结，毅然辞去了稳定的体制内工作，在古城开了一家小小的面包店，那是她从小的梦想。

她说："我很害怕改变，但我更害怕三十年、四十年后，我顶着满头白发和满脸皱纹，回首自己的一生，除了遗憾已经别无他法。"

我真心佩服这些人，他们顶住了所有世俗的眼光、失落的煎熬、短暂的迷茫，勇敢舍弃别人喜欢的样子，成为自己喜欢的样子，哪怕头破血流，哪怕一败涂地。

做自己喜欢做的事情，多么简单的一句话，却又是多么不易。

我们大部分人，穷其一生努力成为的、辛苦实现的，终究是别人喜欢的模样。就像小时候，被问及长大后想做什么，我们班同学齐刷刷说"老师、医生"之类，只有一个小男生不好意思地说"农民"，然后被哭笑不得的老师一通教育，最后改成了"科学家"。

我记得我当初的理想是成为一个作家，专门写千奇百怪的童话故事。

若干年后，我埋头于一大堆公文中，敲打着千篇一律的八股，这就是我真实的生活。

这是别人眼中该知足的人生。

不知不觉，我也成了别人喜欢的样子。

唯一可以自我安慰的是，我从来没有放弃过写作，不管何时何地做着何种工作。纷繁的工作和生活，是入世。而文字，于我来说，则是短暂的"出世"，那里，有我的人间四月天。

人的一生，至少有一件事情，值得并应该去坚持、去努力，不计得失，无关功利。

记得一句话：欲成佛，必先经历极奢、极恶、极苦。

《道士下山》里的小道士安下，不甘山中寂寞，下山之后，尝人间烟火，生七情六欲，历经红尘，千帆过尽，终于悟出了武术和人生的真理，修成正果。他说，道在山下，不在山上。

而大部分普通人的一生，都是极其平凡又渺小的，不会经历大悲大喜，亦无大彻大悟。但至少，当我们像不知疲倦的鸟儿一样横冲直撞的时候，能偶尔休憩，得片刻出世。

冷暖自知，别人眼中的美满，成就不了自己内心的从容。

但我希望，我们不再抱怨，而是一旦确定了目标和方向，就勇敢地前行。不付出努力，不坚定执着，就算理想再美好，也是想着想着就算了。

最终，我们也许能像《疯狂动物城》里的小兔子，从萝卜堆里爬出，成为史无前例的警察英雄。

当初梦想的种子，都开出花来。

愿我们都不负自己。

愿你成为自己喜欢的样子。

## 真正的自由

女儿身材有横向发展的趋势，尽管粗枝大叶的她还不以为然，说"那我也是灵活的胖子"，她爸爸还是"逼"着她开始了辛酸的减肥历程。

每天晚上，跑步、跳绳、仰卧起坐、俯卧撑、波比跳……累得女儿哇哇大叫，有时甚至还哭起了鼻子。

她感叹："还是做猪自由呀，想吃就吃，想睡就睡。"然后又问我，"妈妈，你不是说人生苦短吗，为什么还要这样折磨自己啊？怎么舒服怎么来不是更好吗？"

我戏谑："美食诚可贵，自由价更高。若为身材故，两者皆可抛。"

玩笑归玩笑，还是想和女儿聊一聊自由的话题。

我们很多人都认为，无拘无束，想干什么就干什么，这就是自由。

我想告诉女儿，这不是真正的自由。那么，真正的自由是什么？哲学家康德有一句话，我深以为然：所谓自由，不是随心所欲，而是自我主宰。

在每个人的身体里，住着三个自己，一个叫本我，那是人的本能，只顺从原始的冲动和欲望，不受任何约束，就像女儿说的，想吃就吃，想睡就睡，哭哭笑笑皆从本能；第二个叫自我，一半受本能支配，一半被现实教训，既要获得满足，又要避免痛苦，就像女儿一边想要通过减肥变美，一边又忍不住胡吃海喝；第三个叫超我，那是道德化的自己，自我批判，自我控制，努力遵循规则，从而追求完美的境界。

我们的一生，从婴儿时期的本我，到幼年期意识开始觉醒的自我，再到成年后修到一定境界才有的超我，这是一个非常艰辛的过程，需要爱、忍耐和觉悟。

怎么舒服怎么来，一开始当然你会很开心，因为吃吃喝喝睡睡是人最纯粹的生理欲望，那是你的本我，可是，当你胖到走一步都气喘吁吁，其他人偷偷地在背后取笑你，你不再健康，不再美丽，不再自信，你还有海阔天空驰骋的自由吗？再美丽的风景都与你无缘。你还有穿漂亮衣服的自由吗？再漂亮的衣服你都只能望而却步。你还有追逐梦想的自由吗？再旖旎的梦想都只会是空想。当你因为无法超越本我而失去自我主宰、自由选择的能力，你还会觉得那是自由吗？

欲望，总是穿着瑰丽的外衣，像个潘多拉魔盒一样，诱惑我们去打开。如果我们不能控制愤怒，或许会导致激情犯罪，失去身体的自由；如果我们不能控制贪念，就会迷茫彷徨，失去心灵的自由；如果我们不能控制伤心，就会抑郁成疾，身心皆不得自由；而作为一个学生，若不能控制"轻松"和"舒服"的欲望，每天浑浑噩噩吃喝玩乐，享一时之快，长大后，就只能哀叹"少壮不努力，老大徒伤悲"。

所谓自由的枷锁，就是这个意思，真空的自由是浮萍，飘飘荡荡不知所向，在一定枷锁下的自由，才有根和方向。

减肥如此,学习如此,人生更如此。不要说外表无用,更不要说读书无用,你的身材体现着你的自控力,而你读过的书都会沉淀在你的气质里,反映在你的价值观里。有了健康的身体,有了丰富的知识,有了强大的内心,你才能在万丈红尘中游刃有余,选择自己喜欢的生活,拥有自己喜欢的人,海阔凭鱼跃,天高任鸟飞。

那时的你,才拥有了真正的自由。

最后,我想再告诉女儿一句话:想做什么就做什么是低层次的自由,不想做什么就能不做什么,这才是更高级的自由。

现在,女儿或许不一定能理解,但不远的将来,我想,她一定会明白。

## 致中年的你

不知从何时起，早上醒来照镜子，发现眉梢、眼角、嘴边尽是睡眠中留下的痕迹：有时是不平整的枕头印，有时是不老实的指甲印……这些痕迹来得越来越容易，退去却越来越慢。我一直觉得莫名，直到有一天我突然意识到，这哪里是莫名，根本就是衰老的痕迹。

衰老犹如大江东去，早已势不可当。

如果有选择，没有一个人愿意青丝变华发，没有一个人愿意独步奈何桥，否则哪有那么多寻仙山炼丹药，孜孜追求长生不老的古代帝王？

女人尤其害怕老去。对一个女人最好的恭维，莫如"你看起来比实际年龄年轻好多"或者"你和你女儿看似姐妹"等等，这绝对比赞扬她聪明、智慧、能干更让她开心。为此，女人很精心地护肤，很积极地锻炼，很健康地生活。为了留住容颜，女人的自律让人惊叹。

男人又何尝不害怕老去。男人衰老起来其实比女人更不堪，只不过以前女人不敢嫌男人老，而现在的男人，在奔向衰老的那个年龄段，如果有外貌之外的光芒加身，顿时魅力倍增，成功盖过了腰上的橡皮圈、头顶的日光灯。

但无论怎样，我们只能放缓衰老的脚步，却无法更改容颜弹指老的天命。

生命的轮回，是一个微笑曲线，两端上扬，中间低沉。童年天真烂漫，可以撒娇耍赖，哭笑由心，众人皆以为可爱；暮年发落齿摇，亦可以返老还童，自由自在，众人笑说"老顽童"。老和小，任性都能被轻易原谅，唯独中年不行。

中年，是一个尴尬的存在。

上有老，下有小，婚姻进入平淡期，体检报告上的箭头一年胜似一年，家庭和事业两头牵扯，诗和远方渐行渐远，不再轻易流泪，不再肆意欢笑，不敢亦不屑再谈理想，最怕别人说自己一把年纪了还这般天真。如果还未结婚，则被贴上"剩男剩女""圣斗士""贵族"等标签，呜呼哀哉！

中年人，好好地活下去全靠心态。

幸好，我们不是一夜变老。青春逼人到垂垂老矣，是一个循序渐进的过程。所以，接受自己变老并不是难事。

更何况，身边的亲友在一起变老，独老老不如众老老，又有什么可怕？

时间会带走许多东西，若将爱人离去、朋友嫌弃统统归罪于容颜老去，那才是真正的幼稚。

所以，莫愤慨于"俊男配丑女""美女配矬男"，我们只看到了外表的不对等，而事实上，"丑女"有你看不到的智慧，"矬男"有你比不过的胸怀。

再说了，生活大浪淘沙，身边的人来来去去也正常，留到最后的，那个爱你脸上皱纹和有趣灵魂的人，才属珍贵。你不老去，又怎知谁是真心，谁是假意？

青春和美貌从来不是唯一的资本。比起美人迟暮，容颜枯萎，我们真正应该恐慌的，是虚度人生的空虚感和愧疚感，是一把年纪依然活得浑浑噩噩、不明不白。

人到中年，对外表已不是那么执着，较之貌若天仙却相对无言，更愿意有一人，可天南海北相谈甚欢，可心意相通、惺惺相惜，可无拘无束、随意自然。

但接受自己变老，不是不修边幅，不是破罐破摔。

同样的老去，却有不同的老法。

皱纹不可怕，白发不可怕，可怕的是形容枯槁、衣着邋遢、面如死灰，让人一看便觉老气横秋、暮气沉沉，生活的诸多不如意全写在了脸上。

我最喜欢那些打扮清爽、和蔼可亲的老头老太太。一笑，皱纹像花一样绽放，看起来熨帖无比。一开口，不刻板说教，不倚老卖老，令人如沐春风，多么可爱。

年轻时，身体发肤受之父母，可以容颜平淡，青春来补。中年后，长成怎样全赖自身修为。这就是有些人年轻时并不好看，老了却越来越有味道的原因。因为这时的容貌，已经不是单纯的皮相，它融入了一个人的气质、修养和灵魂。

好看的皮囊千金难求，有趣的灵魂万里挑一。

人生就是一场漫长的等价交换，随着时间的流逝，要么用风趣、睿智、从容、豁达去换取青涩、美貌、冲动、迷茫，要么用颓废、刻板、急躁、狭隘去迎接衰老、丑陋、苦闷、无望。

这就是不同的人生。

人到中年，亦应该懂得取舍，应该明白人之痛苦，皆来源于求而不得。

有人求名，有人求利，有人求自在，有人为爱而死，有人为恨而活。兜兜转转，走走看看，一生都在上下而求索。

而变老是一个慢慢认清自己的过程。年轻时，总有各种天马行空的幻想，总以为外面的世界很精彩，总以为自己的能力无限大；总没有自知之明，跌跌撞撞，磕磕碰碰，终有一天，我们发现：有些事，哪怕拼尽全力也无法改变一二；有些人，哪怕掏心掏肺也无法靠近半分。

终于承认，原来自己就是个平庸的人。

然而，承认自己平庸，并不意味着随波逐流，心如死灰度余生。

我喜欢什么？我适合做什么？我想要怎样的生活？回答后，于万紫千红中，甄别出那朵属于自己的花、那些真正有意义的目标，为之努力，才是豁达且积极的人生态度。

悦值得悦之人，不奢求人人喜爱。一生中，我们的交际圈也就那么大，何必花心思去取悦不相关的人。

做自己喜欢之事，何时开始都不晚，若无力改变，就好好活在当下。一边抱怨，一边怯懦，怎能不痛苦？

小隐隐于林，大隐隐于世。只可惜，很多人到死，都无法认清自我。一番折腾后，认为社会不公、壮志难酬、爱而不得，最终把浑浑噩噩当成了无欲无求，把自我封闭当成了看破红尘，年纪还不大就开始对工作失去责任心，对家庭失去守护心，对众生失去仁爱心，这哪里是淡泊明志，分明是消极避世。

愿中年的我们，有好友一二，有爱人体恤，有儿女承欢，有父母慈爱。若无，则有事业可忙，有风景有看，有希望可期，婚姻不是必需之物，人生不是非黑即白，一个人，也可过得很舒展。

## 最深的套路

不知何时起,我常常听到两个字"套路",貌似还入选了某杂志评选的"2016网络十大流行语"。

朋友圈里,时不时看到这样的调侃和感慨:

城市套路深,我要回农村。农村已整改,套路深似海。

我走过的最远的路,就是你的套路。

自古深情留不住,唯有套路得人心。

一入套路深似海,从此节操是路人。

满满的,都是套路啊……

有一天,我忍不住问某君:"你说,套路,到底是个什么鬼?"

他回:"心理学家说,套路是一种以经验为基础,低风险的实用主义。"文化批评家眼里,套路就是那个你可能刚开始不太喜欢,却不得不接受,最后自己也玩得挺尽兴的东西。

似乎,还真是那么回事。

不知为何,突然想起中学时的一篇课文,俄国短篇小说家契诃夫的《套中人》。

那个叫别里科夫的家伙,生活中一刻也离不开各种各样的"套子",晴天带雨伞,耳朵塞棉花,把脸也躲藏在竖起的大衣领里,但凡有一丁点风吹草动便一个劲嚷:"千万别闹出乱子啊!"

栩栩如生的形象,令人哭笑不得。

这么一个无足轻重的中学小教员,自己活在套中也就罢了,还处处去影响和禁锢身边人的行为和思想,把大家压得透不过气来:不敢大声说话,不敢写信,不敢交朋友……

无论是别里科夫积极主动式的"入套",还是其他人被动妥协式的"上套",结果就是,全城的人都变成了"套中人"。

那时候觉得,这个别里科夫,真是个固执、可怜又可恨的家伙。

现在,反而有点理解他了。

他的所有过街老鼠式的小心翼翼、诚惶诚恐,只不过一种近乎歇斯底里的自我保护罢了;而对别人的种种监督和指责,从正面理解,何尝不是一种善意的瞎操心。

人,毕竟是社会的人。

先把自己蜷缩进温暖的套里,然后再去套别人。如此循环往复,世界就变成了连环套。基于此,套中人和套路,就穿越了时空和国度,有了一定的共性。

简而言之,套路本身,并不是万恶的,是有一定的可取性的,但过于讲究,就变成了套中人。

我们自己,或许都不曾察觉。

安托万·德·圣·埃克苏佩里的《小王子》里,小王子忧伤地对狐狸说,大人的世界,真是无趣,他们总是说一样的话,做同样的事。关键是他们还要求小孩子也跟他们一样。

成人的世界还真是如此。可是,有时候,他们并没有恶意,甚至还怀着极大的善意。

比如,你是一个姑娘。

大学毕业，你放弃一份稳定的工作，选择漂泊异乡四处流浪，他们会语重心长，循循善诱："一个女孩子家，终归是安稳点好，折腾什么啊，赶紧回老家找个好单位。"

两年后，收心了，到一个稳定单位，他们会小声提醒你，见了谁应该说什么话，不应该说什么话，应该怎么做，不应该怎么做。总之，各种奥妙机关、复杂人情，通通给你补一番。

一晃五六年过去，三十岁了你还未出嫁，他们会一边感叹一边劝导："这年纪，怎么还能挑三拣四，赶紧找个人嫁了啊。"

终于，你结婚了，过了一年还没见孩子生出来，他们又开始着急询问："怎么回事，结婚这么久了还没动静，某某医院看不孕不育很好的，要不要去看看？"

……

你怎么可以那样？你应该……

这是生存的套路，他们说。

人生的每一段，都像设置好的列车时刻，你不能早也不能迟，即便早了或迟了，也不能超过五分钟。否则，你将永远赶不上正常的人生。

其实，你四处漂泊，只是想趁着年轻看看这大千世界；你迟迟没有结婚，并不是挑三拣四，只是没有遇到那个很想嫁的人；你结婚一年没有小孩，只是想多过一段时间的二人世界，并不需要去什么治不孕不育的医院。

而且，你在那个单位多年后发现，哪有他们说的那么复杂，那个他们口中很难相处的人只是有些固执，本性并不坏；那个大嘴巴的姐姐只是没心没肺，对你还挺好。有些事情并不一定要按照他们教你的去做，你换种方法，照样做得完满，甚至更好。你也并未遭遇那些令人心力交瘁的明枪暗箭、钩心斗角，虽偶有挫折，但谈不上世道污浊。

可是，你并不觉得他们哪里不对，甚至无可反驳。

人一旦长大，某种意义上说，世界就从缤纷绚丽的彩色风景画变成斑驳模糊的印象派油画或者单调的黑白铅笔画。

认知增多了，想象减少了；思虑增多了，率真减少了；畏惧增多了，勇敢减少了。

于是，不知不觉中躲进了套，小心翼翼中学会了套路。甚至，连一句话、一个表情都有了固定的模式。

我们每个人，你、我、他，或多或少，都变成了套中人。

所谓套路，只不过隐藏了真性情后的无奈，往前一步是智慧，而退后一步，就是世故。

本质上的东西，眼睛是看不到的，得用心去看，才能看清楚。

太在意套路，往往就蒙了心智、失了情感、灭了天真，虽然安全保险，但也无缘感受沿途的春风十里，更无法体会到达彼岸后的喜悦欢腾，最终是无法真正看清本质的机缘因果的。

人生，有很多种可能。有时候走着走着，会出现很多条路，走哪一条才是最好的，其实真没什么定论，大道有大道的平坦舒畅之美，小径有小径的迂回曲折之妙，陆路有陆路的沉稳扎实之好，水路有水路的漂泊荡漾之感。

最深的套路，就是走自己的路，只要不是死路、坏路，哪一条路都是好的。

## 狗之冤

我问朋友:"假期有啥打算?"
她说:"加班狗一枚,无他。"
我说:"再不济也得来个市内某花海半日逍遥游吧?"
她回曰:"单身狗一枚,无趣。"
作为属狗人士,我就不明白不乐意了:"你干吗老扯上狗啊……"
朋友做无可奈何状:"行行行,改成加班汪、单身汪行了吧!"
无语!
这年头,狗到底是招谁惹谁了?
你加班就加班,非得加个"狗",狗不就是晚上警觉点吗,那论睡觉,猫还可以整晚绿着眼睛呢,小老鼠还天天夜里上灯台偷油吃呢,野生大象平均每天只睡两个半小时呢,你咋不叫加班猫、加班鼠、加班象……狗不就是任劳任怨了点吗,那老黄牛、小蜜蜂、小蚂蚁更勤劳呢,你咋不叫加班牛、加班蜂、加班蚁……

"单身狗"就更匪夷所思了,单身也是狗之罪?从古至今,放眼望去,也没见哪只狗找不到配偶,打光棍的人倒比比皆是,再说了,人家狗是不是单身,你也看不出来啊,你怎么就知道人家狗找不到对象了，今天瞅着形单影只，没准几天后一窝狗崽子满地跑了。倒是你，那单身的剑气，不用望闻问切，百里之外都感受得到。所以，你单身就单身，千万别把狗扯进来。论谈情说爱，人家狗下爪可比人下手快准狠多了。

加班狗、单身狗是如今的新词儿，但狗之冤，是老早就开始了。

比如"走狗"。

"走狗"一词最早可追溯到先秦时期，当时是指"猎犬"。《晏子春秋·谏下二三》中有："景公走狗死，公令外共之棺，内给之祭。"到了汉代，"走狗"的内涵发生了变化。《史记》中记载："萧何功人，诸君走狗也。"此处的"走狗"很明显带有某种比喻意味，喻指追随主人、为人奔走卖力者，但顶多是个中性词，并无诋毁之意，甚至颇有"士为知己者死"之豪气。至宋元以后，"走狗"一词渐入百姓口语，这下狗就悲摧了，演化为受主人豢养的爪牙、帮凶或无耻小人之辈的代名词，永世不得翻身了。

可怜的狗，忠诚也是罪，走着走着冠上了"走狗"的骂名，堪比窦娥冤，只想问天问地问日月，哭得泪水涟涟。这还只是开始，后续又有差不多意思的"狗腿子""哈巴狗""狗仗人势"……说到狗仗人势，这就更冤了。吉娃娃、泰迪等小奶狗屁颠屁颠跟在人后面，还好说狗仗人势，若是人与高大凶猛的藏獒、高加索犬、比特犬等同框，这画风就尴尬了，到底是人遛狗还是狗遛人？到底是"狗仗人势"还是"人仗狗势"？我看也只能沧海一声笑了。

再如"丧家之狗"。

《史记卷四十七·孔子世家第十七》中写道："孔子适郑，与弟子相失，孔子独立郭东门。郑人或谓子贡曰'东门有人，其颡似尧，其项类皋陶，其肩类子产，然自要以下不及禹三寸，累累若丧家之狗'。"

翻译成白话文就是：孔子到了郑国，与弟子们走散了，孔子一个人站在外城的东门。郑国人有看见了就对子贡说，东门有个人，他的额头像唐尧，脖子像皋陶，肩膀像郑子产，可是从腰部以下不到禹的三寸，一副狼狈不堪、没精打采的样子，真像一条丧家狗。子贡见面把原话如实地告诉了孔子。

看到这一段，狗不知道该难过还是高兴。难过的是，你骂人就骂人，非要拿我来比喻；高兴的是，比喻的对象竟是如此伟大的圣人孔子，与尔等相提并论，即便是挨骂，也值了。

所以，到后来出现了民间新骂："狗皇帝""狗官"……狗的心理承受力已至洪荒，笑而自诩：飞禽走兽，能与圣贤齐名者，少之又少，与天子同呼，更是凤毛麟角，混得再差还能捡个官当当，不甚光荣！

至于"癞皮狗""落水狗""狼心狗肺"等等，正所谓法不责众，多一个也不多。

一想到如此温良可爱的狗狗蒙上这般千古奇冤，很多文人墨客、贤人能士忍不住站出来了，甘愿自损形象以正狗名。于是，孔子听到有人说他像丧家犬，欣然道："他形容我的相貌，不一定对，但说我像条丧家狗，对极了！对极了！"难得糊涂的郑板桥刻一印，自称"青藤门下走狗"，表示对徐渭的景仰。近代画家齐白石先生也写诗言志："青藤雪个远凡胎，缶老衰年别有才。我欲九泉为走狗，三家门下转轮来。"说自己对徐渭（青藤）、朱耷（雪个）、吴昌硕三人的绘画技艺佩服得五体投地。你看，还是有人为狗鸣不平的吧！

## 第二辑　光阴深处的温暖

人间值得,让人温暖的不是高山深海,不是良辰美景,不是秋月春花,不是乡野烂漫,不是历史庄严,而是这一般的烟火人生。

# 马弄的烟火人生

我生活在一个小城市，黑瓦白墙，小桥流水，青石板路昭告着历史的厚重，酒香顺着巷子钻进游人的鼻孔，笋干菜、臭豆腐……在鲁迅的大烟斗下吆喝着，平静的河面嗖地冒出一叶小小的乌篷船，跳跃着江南水乡的味道。

家在这个城市的繁华地带，门前是熙熙攘攘的大马路，布满了商场、酒店、银行、培训机构……晚高峰时段，车子排起长队，红艳艳的车灯与大楼外墙五彩斑斓的霓虹灯交相辉映，打扮入时的白领们旖旎而过，通常是看不出喜怒哀乐的。

拐过大马路左转，突然就进入了另一个世界。

这个世界不大，其实就是一条弄堂，被几片居民区包围着。入口处，竖着一块年代感特别强的绿色铁皮牌子，斑驳刻印着这个小世界的名字：马弄。

两辆小车刚可以交会而过的宽度，当然，车技差点的话，刮擦是在所难免的。长度吧，目测也就五百米左右。屋面和道路都有些年头了，但不破败，在这样一个古城里，倒显得挺合时宜。可这样一条不起眼的弄堂，却十分繁华。

大江南北风味的餐饮店密密麻麻地排布着,理发店、足浴店、便利店、水果店、服装店、小旅馆、洗衣店等夹杂其中。各种店的中间位置还跳出一个幼儿园,每天早上,伴着稚气的儿歌,一群小娃娃挥舞着小胳膊小腿在那儿乱舞,煞是可爱。

入口的糖炒栗子店,"好吃又好剥"的声音自一个小小的喇叭里时不时传出,老板是个矮个子中年男人,留着八字须,不苟言笑,小孩子去买时,却总是多给几颗栗子。

对面的武汉鸭脖店老板娘是个美人,身材高挑,白净秀气,人也和气,笑容常常挂在脸上,人们都叫她"鸭脖西施"。

再走几步,山东杂粮饼和大饼油条早餐店嗞嗞地冒着热气。那大饼油条早餐店,生意好得不得了,店门口经常簇拥着眼巴巴等待的顾客,香喷喷的干菜饼折成两半,裹一根松脆的油条,再来上一碗醇香的热豆浆,那满足感,简直无与伦比!

还有那豆腐年糕店,据说是开了十几年的老店,最近装修成了古典风,黑木长桌长凳,更有风味,豆腐年糕、羊骨头、鸡蛋烤饺,百吃不厌。

川菜馆的老板特别热情,每次我路过,他总要跟我笑着打招呼,吃完噼里啪啦一算账,豪迈地说:"零头抹掉!"还会问一句,"我家的水煮鱼不错吧?"

北方饺子、黄焖鸡米饭、缙云烧饼、荷叶蒸饭、周素珍馄饨……举不胜举的美食,让马弄总是萦绕着令人肚子咕咕叫的香气。

除了美食,还有三四家小小的理发店,这些没有名气的托尼老师收费低,手艺却不错,加上附近小区打工的租客多,他们的生意着实兴隆。风情万种的陌生女子、穿着机车服的时髦小伙、西装革履的都市白领、一脸憨厚的农民工、拎着菜篮子的大爷大妈,都是这里的常客。

那两家门面不到三平方米的改衣店，也是极受欢迎的。母亲经常拿着我的"鸡肋衣服"，把长裤改成九分裤，九分裤改成五分裤，五分裤改成热裤，如此折腾，乐此不疲，在此过程中和店主结下了深厚的友谊，每次去买菜都要去东家长西家短地聊个天。

还有那网吧、修伞的、修鞋的、开锁的、化妆的、美甲的……名目繁多，让这个小小的弄堂热闹非凡。

尤其到了黄昏，马弄一天中最热闹的时候来了。行人渐渐多起来，来幼儿园接小孩子的家长，来觅食的操着五湖四海口音的人，忙碌的餐饮店的伙计们，站在门口招揽着来往行人的店主们，酱爆、油煎、蒸炖……辣的、咸的、甜的……笑声、骂声、交谈声……

人影攒动，车水马龙，好一派人间烟火的景象。若真有神仙，看了这里，大约也忍不住想体验下这人世繁华吧。

这真实而琐碎的城市一角，不知藏了多少普通人的喜怒哀乐。有些店面时常换主人，老的关了，新的又开出来了。寿司店小夫妻生了一对可爱的双胞胎女孩，孩子们如今已经上幼儿园。次坞打面店的老板因为孩子读书的原因，打算回老家了。理发店的洗发妹子，老家有人给她介绍了个对象，催她回去结婚，但是她不想走。鸭脖店的老板，已经在这个城市买了房子，落地生根了。面馆店主八岁的儿子发烧了，耷拉着脑袋静静坐在角落，乖巧地等着，忙碌的父母打烊后才能送他去医院。

有人在这里买醉，于深夜的弄堂里唱着撕心裂肺的歌。

有人在这里约会，对面的女孩脸红得如天边晚霞。

有人在这里欢笑，人生得意，岁月安好。

有人在这里哭泣，拼尽全力挣钱，生活依然千疮百孔。

有人在这里寻找，依稀可见新的梦想开出了花。

有人在这里迷茫，不知未来该去何方。

有人在这里抱怨,爱人的不忠,孩子的不孝,工作的一地鸡毛。
……

人间值得,让人温暖的不是高山深海,不是良辰美景,不是秋月春花,不是乡野烂漫,不是历史庄严,而是这一般的烟火人生。

这又何尝不是我们的人生。

## 漂亮的老太太

端午节,母亲要回乡下的家。临走前,她一件事一件事地叮嘱我们。

"小兔子早晚喂两次,喂兔粮的话得加水给它喝,我也准备了白菜,吃白菜就不用喂水,千万记得,别把它饿着了。"

"小金鱼两天换一次水,我今天刚换过,后天你们再换,粮食一天喂一次就够,怕你们找不到,放在鱼缸旁边。"

"兰花我昨天浇过水,不用管它,它喜阴,家里放三天,问题不大。"

"你们务必照顾好当当啊,让她早点睡觉,别让她玩得太累,这天气容易感冒。"

"家里的地,每天拖一次就很干净了,当天的衣服当天洗掉,天气热,脏衣服不能过夜了。"

……

诸如此类,絮絮叨叨。

我笑着打趣:"妈,你简直是神,不但要管一家大小,还要管小花、小兔、小鱼,你容易吗!"

母亲乐呵呵地回应:"知道你老娘的重要性了吧。"

母亲是我生孩子后来到城里的,和我们住在一起。

母亲一来,原本冷清的房子终于像个家了,角角落落打扫得干干净净,阳台上养起了花花草草。早上,还没起床,就听见母亲在厨房叮叮当当,准备一家人的早餐。晚上,回到家,灯亮着,饭菜的香味扑鼻,伴随着女儿的天真童语,温暖得一塌糊涂。

在老家,母亲的能干也是出了名的,里里外外一把手。她总能在短时间内,把一切拾掇得井井有条,速度之快、质量之高让我打心眼里叹服。

很不幸,一个勤快的母亲,必定有一个懒惰的女儿。我就是那个懒惰的女儿。

孩子出生后,母亲包揽了照顾外孙女的一切事务,就连晚上都是她陪睡。喂奶那阵子正是冬季,女儿睡得极晚,每隔两小时醒一次,母亲便要起床抱着她来到我房间,叫醒睡得昏昏沉沉的我。等我睡眼蒙眬地喂完奶,她还要抱着女儿轻拍一阵,防止她吐奶,等女儿睡熟了才放到床上。那样寒冷的日子,那样断断续续的睡眠,白天还要继续照顾孩子、做家务,辛苦可想而知。我想找个保姆,她坚决拒绝,那时我们刚换了房子,她怕我们生活得捉襟见肘。周末,母亲总让我去逛会儿街。断奶后,她便说服我出去旅行,宁可自己苦一点儿累一点儿,也要让我活得自由自在。

女儿五岁之前,从没离开过外婆一天。

女儿生病的时候,她不眠不休。记忆中最深刻的一幕,是女儿刚满周岁的某天深夜,我醒来上卫生间,看见客厅的灯亮着,母亲抱着孩子坐在沙发上,轻轻哄着。她说宝宝感冒睡不安稳,放下就哭,只好抱着她睡。我责怪母亲为何不叫醒我们,她说我们白天要上班,不能太累。

进了卫生间,我的眼泪就止不住地流了下来。

这一幕,至今深深地烙印在我的脑海里,带着内疚,带着感动,带着无以言表的心疼。

女儿上了幼儿园后,母亲风雨无阻地接送。下雨的时候,怕女儿滑倒,一直从幼儿园背到五楼的家里。女儿从小就胖,我稍微背一会儿都气喘吁吁,快六十岁的母亲竟然一口气背那么长时间,更何况她的腰年轻时还受过损伤。我几次劝她让孩子自己走,她说,一眨眼,孩子就长大了,想背都没的背了。

某天,她从幼儿园回来,说和几个同为奶奶、外婆的老太太聊天:"她们说我太傻,带什么孩子啊,多辛苦,自己过自己的,最多帮儿女接送下,跳跳广场舞,出去旅游多好。"母亲模仿着老太太们的口气,末了,一脸不能理解地说,"你说,这些城里人怎么这么自私啊,都不帮帮儿女们,现在挣钱多辛苦。"

我说:"妈,其实她们也没错,你也可以像她们一样,我们不会有一点儿意见,完全支持。"

母亲摇摇头:"我和你爸其他方面也帮不了你们什么,只能帮你们带带孩子,做些力所能及的小事,再说,我也喜欢和孩子们在一起。"

这就是我的母亲,年富力强的时候,养育了我;满头白发之时,继续养育我的女儿。她永远把自己放在最后一位,并认为那是理所当然的。而我们,心安理得地享受着她的呵护。

母亲,这个世界上,谁还会像你这般无私地爱着我,谁还会像你这般呕心沥血地爱着我爱的人?

"你看,我是不是老了?白头发这么多了。"晚上,母亲照着镜子,问我。

灯光下,她的脸笼罩着一层光晕,神圣又慈祥。

"你比同龄人年轻许多。"我安慰她。

其实，算不上安慰，母亲看着确实比同龄人年轻。她是个爱漂亮的老太太，任何时候都把自己收拾得清爽体面，一如她年轻貌美的时候。

母亲出身于小康之家，外公是国企的文书，在那个缺衣少食的年代，她过得衣食无忧，顺顺当当读到高中。二十个世纪七十年代的高中生，多么意气风发。青春靓丽的母亲成绩优异，能歌善舞，打乒乓球亦是一流，是班里的班长。若不是因为时代的关系，她不会在一个小山村里做代课老师，不会认识小学文化、一贫如洗的父亲，不会一辈子留在了大山里。她应该会参加高考，应该会梳着乌黑油亮的麻花辫跨进大学的门槛，应该会有一段风花雪月的浪漫情事，应该会嫁一个文才相当、风度翩翩的男子，应该是一个斯文白净、朝九晚五的办公室上班族，现在应该拿着不错的退休工资游山玩水。她的人生，将完全不同。

我从知道母亲的故事开始，就一直替她惋惜。多么美丽、聪明、能干的一个女子，她该有更好的人生。

这是命，母亲说，她不后悔。

她不后悔后来放弃了参加高考，看着其他支教的同学一个个离开大山奔赴前程，她抹干眼泪继续做她的代课老师；不后悔一辈子留在了仿佛与世隔绝的小山村，与贫苦的父亲相濡以沫、生儿育女；不后悔把写字的手变成田间劳作的手，脸朝黄土背朝天，直到额头不再光洁，皮肤不再白嫩。

"如果没有当初的选择，这个世界上，就没有你了。"母亲看着我满足地笑。

母亲的骨子里，流淌着倔强又浪漫的血液，就像她可以不管父母反对，义无反顾地追随大山里的爱情一样。

她生我的时候，早产。我到这个世界上，迎接我的是破败的瓦房，外面刮大风下大雨，屋里刮小风下小雨，没有任何装饰的泥土地面坑坑洼洼，局促的空间，一床一桌一灶头，还有几个凳子，几乎没有像样的家具，唯一值钱的是母亲结婚时娘家送的杉木橱柜。外婆心疼母亲，送来了红糖、鸡蛋，还有弥足珍贵的金华火腿，母亲一边吃一边笑着安慰心酸的外婆，日子会越过越好的。

几年后，她和父亲靠着双手，硬是盖起了两层崭新的楼房，随后，弟弟出生在新房子里。

但扎根于农村的母亲，依然保留了以前的习惯。她穿出去的衣服永远引领村里的时尚，她也把我们姐弟俩打扮得清爽整洁，哪怕是粗布衫旧衣裳，也必须是干干净净不留污渍的，她从不让我们穿打补丁的衣服，但也教育我们绝不能随意把衣服弄破弄脏。记得我九岁那年春节，偷偷骑了姑父的自行车，下坡时不慎摔倒，新裤子膝盖处破了一个大大的洞，我首先想到的不是疼不疼，而是担心裤子破了，要被母亲骂。

母亲不再年轻，但爱美的心从未变过，她烫微卷的头发，穿新潮的衣服，从不拒绝我给她打扮，有着农村老太太少有的优雅气质。岁月，沧桑了容颜，却终究抹不去植根于内心的气度和修养。

和母亲逛街，看见一个年迈的乞丐。

"这么大年纪了，好可怜，我们给他点钱。"母亲对我说。

这是常态。

母亲的善良，是我从小就耳濡目染的。有乞丐来我家，她不仅给吃的，给穿的，甚至还会留他们吃饭。她从不会看不起他们，也不会不耐烦，更不会恶语相向。母亲善良，却不懦弱。小时候某段时间，村子里突然出现了一个来路不明的女子，衣衫褴褛，疯疯癫癫，赤着脚在马路上唱戏文，对每一个路过的人傻笑，顽皮的小孩冲她扔小石子，大人们一边围观一边哄笑。唯有母亲，大声喝退了欺负她的人们，把她接回家中，给她换上整洁的衣服，让她上桌吃热腾腾的饭菜。那个疯女人当夜就走了，从此再也没有在村里出现过，但母亲还心心念念地担心着她的安危，许久。

我继承了母亲泛滥的同情心，见不得弱者忍气吞声，看不惯强者盛气凌人，英雄主义情结根深蒂固，有时往往失了理性和判断。

母亲的个性大大咧咧，极为随和开朗。在老家，她和左邻右舍的关系极好，时不时去东家送个蔬菜，去西家串门聊天，谁家有大事都要去凑个份子帮帮忙，对亲朋好友几乎有求必应，而自己家里，也常常有附近的村民送来的各种东西。来到城里后，她非常不习惯那种关起门各管各的冷漠，她还是和在乡下时一样，把老家带来的瓜果蔬菜分给邻居们。很快，走在小区里，时常会有人冲我们微笑问好，尤其我女儿，俨然成了小区的名人，走到哪都会有人亲切地喊她的小名，还会塞各种糖果给她。下雨了，会有人提醒我们把挂在外面的衣服收起来。我停车，会有不知名的人帮我指挥。甚至，放在传达室的快递都由热情的门卫师傅送到家里。原来各扫门前雪的城市里的那种疏离，在母亲来了之后，烟消云散。母亲还交到了很多好朋友，比如女儿幼儿园同学的奶奶、菜市场卖鱼的阿姨、附近弄堂开小餐饮店的老板娘……每次，我和女儿穿过那条弄堂，许多店的老板伙计们都会跟小丫头打招呼，开些善意的玩笑。有一次，女儿在弄堂不慎被电瓶车撞了一下，附近几家店的老板都立马冲了出来，硬是把那个想溜之大吉的肇事者扣了下来。次坞打面店的老板，还陪着我们去医院。

在母亲眼里，人没有高低贵贱之分，对权贵不攀附，对贫寒不疏离，她用坦诚和真心让她生活的世界变得温暖而柔软，这些都自然而然，与生俱来，仿佛人心本该如此。

"过几天,我带你出去旅游,以后每年,我都带你去。"我对母亲说。

"那我要穿鲜艳一点的衣服,这样拍出来的照片好看。"母亲可爱得一本正经。

我已长大,而你未老,真好。

## 当时你们很相爱

2017年4月15日，绍兴柯桥体育中心，张学友演唱会，气氛时而热烈，时而感伤。

几首歌过后，大屏幕中出现一幅画，画中一对对恋人深情亲吻。

就在数分钟前，张学友演唱了他的经典歌曲《她来听我的演唱会》，在他唱的同时，摄像师现场抓取了观众席上几对恋人的镜头。入镜头的那一对对，或腼腆微笑，或热烈相拥，或甜蜜亲吻。

其中有一对，幸运地被选中，亲吻的镜头被制作成了画像，上面有演唱会的时间，以及张学友的亲笔签名，这份礼物送给他们。

年过半百的张学友隔着人山人海问："你们结婚了吗？"

镜头里，又惊又喜的男孩女孩拼命点头。

张学友捧着画，说："婚姻很不容易，难免会碰到各种困难，以后，当你们吵架的时候，看一看这幅画，请记住，当时的你们，很相爱。所有相处的艰难，挺一挺，也就过去了。"

大屏幕中，女孩泪流满面。

我，以及身边的人，也湿了眼眶。

想起一个老朋友的故事。

和他认识时,他已结婚数载,说起他妻子,总是一脸幸福。初中就开始偷偷地谈恋爱,她帮他做作业,他给她买早餐,骑着自行车一起上学放学,在古城的青石板上慢悠悠晃荡,在黑瓦白墙下彼此许愿,一路顺风顺水的爱情,毕业后水到渠成地成婚。

每次出游,他都会给妻子带一份礼物。有一次,是一根教鞭。他笑说,妻子是老师,买根结实的教鞭给她,吓唬吓唬那些捣蛋鬼男生,省得被他们气疯。

当时,还是单身狗的我们,饱饱地吃了一顿狗粮。

青梅竹马的爱情,温暖如初的婚姻,真是让人羡慕嫉妒。

可这样美好的一对,后来竟然离婚了,而且闹得鸡飞狗跳,离得大动干戈,最后对簿公堂,恩断义绝。

别人告诉我时,我再三问:"不会吧,会不会搞错,确定是他?"

是的,我不敢相信,也不愿相信。

但他们,确实离婚了,两个孩子,一人一个。离婚后不久,他娶了新妻,她嫁了新夫,又有了各自的孩子。

我问他:"何以到这个地步?"

他叹气:"小吵小闹,没有妥处,最后,演变成双方两个家庭的大战,至此,再也回不去了。"

《半生缘》的最后一幕,沈世钧与顾曼桢在上海重逢,在灯火昏暗、人声嘈杂的饭馆,曼桢轻轻对世钧说:"能见面已经很好了,世钧,我们是回不去了。"

"回不去了",只四个字,淡淡出口,沧桑,辛酸,无奈,悲凉。

而生活,远比电影精彩。

曾经,他们天涯咫尺;此刻,却是咫尺天涯。

人的一生,归根到底是和孤独对抗的一生,越往后走,越觉得孤独。如何对抗孤独,是沉沦其中难以自拔,还是在孤独中学会和自己相处，这是我们用一生探索的问题。

同样，无论爱情，还是婚姻，归根结底是和平凡、琐碎、时间抗争的一生。

打败爱情和婚姻的，从来不是别人，而是时间，以及被时间煎熬出来的无数的琐碎，被琐碎慢慢消磨掉的最初的柔软。

岁月，真是个神奇的东西。它可以化腐朽为神奇，也可以化热烈为冷淡，可以化爱情为亲情，也可以化恋人为路人。

就那么不经意间，那么一分一秒的流逝中，一切都悄无声息地变化着。

不知何时起，你们不再拥抱亲吻，不再有说不完的话，你们吵架、冷战、相看两厌，甚至多日不见亦不想念，你们都愤愤不平：当初真是瞎了眼，怎么找了你。

我们都忘了，忘了曾经的我们爱得多么认真，多么刻骨铭心，多么想要把最好的都给对方。

我见过的最美好的爱情，发生在我的公公和婆婆之间。

牵手走过半个世纪的两个老人，依然手挽手去菜市场买菜，依然为对方端洗脚水。

公公说："你妈年轻时，那才叫漂亮。"

语气中那种骄傲，那种自豪。

婆婆在一旁羞红了脸。

他们也吵架，吵完了，婆婆躺床上生闷气，公公进厨房做饭，饭好了，公公叫婆婆："好了好了，都是我的错，饭总要吃的吧……"

温暖的陪伴，是最长情的告白。

是的，那个曾经天真可爱的女孩，终有一天会变成唠叨的、黄脸的、穿着睡衣到处晃的老太太；那个曾经英俊挺拔的男孩，终有一天会变成固执的、秃顶的、挺着啤酒肚躺在沙发上看新闻的老头子。

激情是短暂的，心动是瞬间的，此后的人生，我们终将面对日复一日的平淡，终将接受那日渐苍老的面孔，终将宽容对方一生难改的缺点。

两个人，就像抱团取暖的刺猬，逃避和放纵都不是良药，唯有面对、接受、处理、放下，才能找到最好的相处之道。

世间最大的遗憾，不是求而不得，而是明明得到了，却被自己硬生生葬送了。

张学友唱："如果要说何谓爱情，定是跟你动荡时闲话着世情，和你走过无尽旅程，就是到天昏发白亦爱得年轻。"

对婚姻失望时，为何不回忆一下当初你们相爱的时光呢？

不知道那对热烈亲吻的小夫妻，在多年后的某天，觉得过不下去了时，看到那幅画，想起那场人山人海的演唱会，想起张学友说的"请记住，当时你们很相爱"，会不会一笑泯恩仇，相拥泪千行呢？

不知道我的那个朋友，若干年后，他华发丛生，与旧爱相遇于街头，是否会记得，他们牵手走过古城的大街小巷，是否会感慨，如果当年坚持一下，或许就过去了，而结局，将完全不一样。

愿我们走过一生，依然能闲话世情，两鬓苍苍，依然能爱得年轻。

## 古镇里的小时光

十年后，我再一次到这里，还是因为工作的关系。

对于安昌，是熟悉又陌生的感觉。好像这十年，已经辗转了好几个世纪，又好像只是一夜的恍惚。

手机里，还存着那张照片。照片中的自己，短发，蓝底碎花棉布衬衫，牛仔裤，笑得无邪，一脸的青涩稚嫩，背景是古镇的三里长街，以及酱鸭腊肠。那时，我还是个刚出学校大门不久的小丫头，第一次到古镇游玩。

十年前的安昌古镇，静立于绍兴城的西北隅，寂寥如同水墨山水，相较于西塘、乌镇的盛名在外，安昌古镇鲜少为世人所知。

如今，古镇修整了不少，新鲜了不少。即便是这样阴雨绵绵的冬日正午，仍有三三两两的游客走过石牌坊，转过石板桥，进入"碧水贯街千万居，彩虹跨河十七桥"的明清长街。

漫无目的地跟在他们身后。纵横交错的河道没变，黑瓦木柱搭起的长雨廊没变，印满青苔的青石板阶埠没变，鹅卵石铺就的弹格路没变。十年前的记忆，推开往事的窗，扑面而来。忘了那时的我，有没有感叹这应该是丁香一样的姑娘撑着油纸伞漫步的地方。

沿长街一路走去，流水悠长，石板路蜿蜒。民居鳞次栉比，商贸比十年前繁荣许多。店铺面水而开，如今都已经整齐划一地改造过。水中央，几艘乌篷船慢悠悠驶过。据说晚上还有蔓延数里的灯光秀，把漆黑厚重的古镇映照得犹如桨声灯影里的秦淮河。我记得十年前店铺的大门都是用单条的木板拼对，上面用白色的粉笔标着数字以示顺序。个别店主人还别出心裁地在墙壁上挂上一两件丝质的旗袍或者大褂，细问才知道是外公外婆留下来的，前世今生，平添一股幽怨的味道。

满目都是各家挂在外面的鱼干、腊肠、酱鸭，香味若有若无地拂过古镇的黑瓦白墙。安昌的酱缸作为绍兴的"三缸"（酒缸、酱缸、染缸）之一，是出了名的。年关尚远，古镇的人们早已做起了酱制品，浓浓的腊味伴着年味，形成了安昌特有的味道。店老板们用字正腔圆的"绍兴普通话"兜售着，装扮依旧朴素，面容却少了昔日的羞涩，多了份气定神闲的从容。一个老人坐在自家店门口的藤椅上，黑布棉袄，棕色线帽，口中念念有词，已是发摇齿落的年纪。细看，竟然是宝麟酒家的老掌柜。我还清晰记得他十年前的模样，头戴乌毡帽，身着古长衫，脚穿圆口布鞋，手拈长须，笑意盈盈地站在门口迎接来客，骄傲地跟我讲述他的辉煌，比如和某某明星的合影，某某知名媒体的采访，剪下来的报纸和照片贴满了木板门和墙壁。那时的他，声音多么洪亮，步履多么矫健。如今，十年的光景，怎么就这么老了呢？岁月，真是不饶人。我还记得那日的晚餐就是在他家吃的，一盘臭豆腐，一盘腊肠，还温了一壶地道的绍兴黄酒。末了，还和老掌柜在"宝麟酒家"的牌匾下合了影。同事说，他的店已交给子女打理，这是他自己的老房子，已经不是十年前我来过的那家了，门面小了，那些报纸和照片也不见了。

十年，着实漫长，新了时光，老了容颜。他早已不认得我，而我竟然也需要细看才能认得他。心里突然有点感伤，不如走了吧。

三里长街还在延续，箍桶、扯白糖、纳鞋底、包粽子、搡年糕……那些停留在过去的时光，如今见到为之惊喜的技艺，却在这里淡淡地发着光。记得小时候，一搡年糕，就代表着要过年了。深夜跟着父母去村里的大礼堂，柴火、米都是自家拿去的，火烧得极旺，映得礼堂上空都如白昼般明晃晃的，挨家挨户轮过来，基本可以热闹好几个昼夜。那样的通宵是极其有趣的，一大群小孩子或是你追我逃玩着游戏，或是眼巴巴等着热乎乎的新年糕出炉，再迫不及待地放到炭火边煨烤，那香喷喷的味道至今想起仍要流口水。

童年的时光，即使物质不是那么富足，但无忧无虑，觉得世间万般皆好。想起前几日，小镇微信群里热烈讨论着安昌特色小镇的名字，"小时光古镇"突然在脑海中一闪而过。小时光，那是长大后的我们心心念念的童年时光，是经历光阴荏苒、世事变迁后，依然流淌在心底的一汪清泉。

是的，在这里，时光已然倒流，空间仿佛交错，安静下来的心，便穿越到了小时光。

遥想绍兴城的先辈们，是否到过这里呢？

比如，大禹涂山娶妻之前是否也来过老街办置嫁妆呢，一个面容坚毅的男子，顶着斗笠在斜风细雨中，在老街的某号铺子前，细细挑选送给新娘的铜钗。于是，涂山祠堂里飘荡起一个女子孤独的灵魂，日夜盼望"三过家门而不入"的丈夫。

比如，那个疯疯癫癫的文学青年徐文长，是否左手执芭蕉扇，右手提黄酒壶，穿梭在老街的店铺、民居间，嬉笑怒骂皆成文章。于是，"绍兴师爷"声名鹊起，至今，仍令外人提起绍兴就想到"师爷"。

比如，怒发冲冠的鲁迅老先生是否在晚年的某个黄昏，还学着童年的样子，玩心突起，跑到这里看一台原汁原味的社戏呢？那红色的灯笼，彩色的戏装，圆润的唱腔，迷幻的舞步，统统折射成一部梦幻版的《朝花夕拾》。

走过无数的繁华，却难以想象这个据说曾经是滩涂的地方如何发展为后来店铺云集的商贸中心。如今，昔日的繁华变成了浓墨重彩的展示，穗康钱庄、中国银行旧址等在江南的烟雨中默然矗立着，高大庄严的柜台背后，打着算盘的伙计、熙熙攘攘的顾客早已成了电影中的一幕幕。择一处茶歇，发呆，看到对岸的仁昌酱园，"看舌尖上的中国，品传说中的料理"几个大字赫然入目。这家酱油厂，是上过央视《舌尖上的中国》栏目的，老板是个风风火火的女子，却把一勺酱油做到了中央媒体上。也许，这就是轮回后新的繁华。

十年后，再次看安昌古镇，突然也多了些感想。安昌古镇，若既有"古"的韵味，又有"新"的创意，在业态上能够丰富一些，多一些年轻人喜欢的时尚玩意儿，多一些让人留下来的地方，也许会更好，就像丽江的酒吧，傻乎乎坐上半天，发呆，看美女，都是一种享受。期待十年后的安昌古镇，便是这般美好的模样，而那时已过不惑的我，又会是怎样的心境？

## 怀念老光

有句话是这样说的：不到北京不知道官小，不到上海不知道楼高，而十八岁之前，我可哪儿都没去过，算不算不知天高地厚呢？当我知道什么是天高地厚的时候，倒万分想念童年的简单和粗犷了。甚至，很多一度在记忆的相册里隐去的面容也渐渐清晰起来。

家在一个很小很小的村子里，绕着弯弯曲曲的山路，一眼看不到何处是尽头，不知何方是出口。村庄有个好听的名字——凤桐，传说很久以前，村中央有一棵巨大的梧桐树，一只凤凰飞于此栖息。父辈们世代都守着那三分田四亩地，春来秋往，只有在农忙的时候才忙里忙外，一派欣欣向荣的气象，其余的时间都是悠闲的田园生活，青山、绿水、鸟叫、虫鸣、炊烟、雾霭。要是有人问他们什么是压力，一脸憨态的村民会一本正经地回答你，自家的水稻长得没有邻家的好，养的猪没有别家的壮。你一脸茫然也好，忍俊不禁也好，这是实话。

夏天的晚上，家家大门敞开，一杯茶，几粒花生，在院子里围坐成一圈乘凉。身子骨好的男人甚至会铺个凉席露天睡上一晚，全然不顾午夜的露水会湿了头发。当然了，我们读书也没有现在的城里孩子那么辛苦,那时候哪里知道什么叫补习班,什么叫兴趣班,什么叫家教。读书对我们来说,是玩累了的休闲,是趴在高高的桌子上听老师讲故事,是津津有味地翻看书上好看的插图,是为聚众疯玩找个合理的借口。

我小学一到三年级的课堂就设在村中央的一排旧时开村民大会的平屋里,一共五间,一间做教室,一间做老师的寝室,一间做学生活动室(里面有张乒乓球桌),其余两间成了附近村民的柴房。一个教室里三排课桌,从左到右依次坐着一年级、二年级、三年级的学生。老师只有一个,姓徐,听妈妈说还是我的远房舅公,教三个年级的全部课程(其实只有语文、数学,以及课间操)。那时候徐老师才四十多岁,却已是典型的聪明"绝顶",额头锃亮,即使在伸手不见五指的黑夜里也非常"醒目",我们背地里叫他老光,叫得贼过瘾。老光给三年级上课的时候,我们一二年级的就练字,但我喜欢听高年级的课,常常边写字边听,一年级结束时差不多把二、三年级的课全上了。

每天早上第一节课后,老光提个老式录音机,带我们到教室门前的大操场上做课间操。他也不怎么会做,动作笨拙得可爱,但我们学得可认真了。一个老头子带着群小孩子在那里摇头晃脑,手舞足蹈,乱蹦乱跳,那情景极其欢乐。

老光有两大嗜好,一是喝酒,二是喝完了睡觉。中午我们放学后,他就在简陋的小屋里用学生送来的柴火烧饭煮菜,灶是农村里最常见的土灶,上面一个锅,下面是烧柴火的灶洞,一手拾掇着,一手端碗老酒,眯着眼睛喝上几口,然后陶醉似的咂一下嘴巴。可怜我们这些因为作业错误而被"关午学"的孩子,捧着改正后的作业本,排着队,战战兢兢、毕恭毕敬地站在他面前,低着头用微乎其微的声音哀求着:"老师,我改好了,给我看看吧!"老光通常都懒得理我们，只顾自己烧饭，烧好了边喝酒边吃菜，我们只好又捧着作业本可怜巴巴地转移到他那张陈旧的小方桌前，大气都不敢出，闻着香喷喷的味道，拼命往肚里咽口水。他这才抬起头来接过我们的作业本瞄一眼，要是再错的话就惨死了，头上挨个巴掌不说，午饭也别想了。印象最深的一次，我被关了一天，从中午关到晚上八点多（除去下午上课时间），老妈站在自家院子里喊破了嗓子，我不敢应，怕被她笑话，骗她说在爷爷家吃了饭。其实就是一道计算题，三十加四十等于几，我大笔一挥就写了个九十，老光气得直拧我耳朵。于是我不假思索就改成了八十，老光对我已经无话可说，一副恨铁不成钢的样子，看我一眼就不再睬我。我暗想今天有幸在学校过夜了，幸亏附近的董大妈来抱柴火，看我那极可怜的样子，就告诉我是七十（这使得当时的我异常感激和崇拜她）。老光本来还想多关我一会儿的，后来他自己也困了，就放我走了。现在想起来依然觉得好笑，感觉那时的自己真是乖得不行，也笨得不行。

学校附近是小溪，中午吃过饭，我们这帮闲不住的小孩子就飞奔到学校，对父母说是学习去，父母以为我们读书多用功呢，老妈还心疼地说，才小学呢，别太累了，以后脑子就不好使了。我偷着乐开了花。我们哪是去学习的呀，是到小溪里抓螃蟹、捡鹅卵石去了。老光这时肯定要睡午觉，这是他每天雷打不动的保留曲目，不论春夏秋冬，不论刮风下雨。喝了点酒微微晕的他经常忘记了时间，因为我们的上课铃是手动的，这只手就是老光的手。他午寐不觉晚，鼾声如雷，便宜了我们这些小猴子，不用上课了，哈哈。不过要是他突然醒来，人还睡眼蒙眬呢，铜铃倒"当当"地响起来。几分钟内，我们全部冲到教室，那情景就像军训时候的紧急集合。有一次，我们都到教室集合了，老光却迟迟不现身。众人派我打探。老光睡觉从不锁门，我悄悄地推开一道缝，老光睡得沉着呢，没有醒过的迹象，胸口抱着那个铜铃。原来他在睡梦中都会条件反射般地打铃。后来不知哪个讨厌的村民说我们中午老这么玩不行，应该乖乖睡午觉，老光想想也在理，可怜的我们就被强制睡觉。老光趴在讲桌上，女生睡课桌，男生睡凳子。我有摔下桌两次的纪录。野惯了的我们哪睡得着，老光一闭眼，我们就开始互相挤眉弄眼，窃窃私语。老光其实是假睡，一声呵斥把我们吓得魂飞魄散，赶紧闭眼，后来竟然也慢慢地喜欢上午睡了，到最后是睡过头不想上课了，估计现在我超爱睡就是老光给培养出来的。

三年级的时候，老光差点被一个调皮捣蛋的问题学生气走，那小子把空白作业本全拿走不说，还偷了老光最钟爱的闹钟，怕被人知道，就藏在村里的河底。待老光心急如焚地跑到那河里去挖，闹钟早就罢工了，怎么修也修不好，老光一怒之下拍案欲走，最后是我们一把鼻涕一把眼泪地好歹把他留住了。那时也不知道怎么哭出来的，反正哭得是肝肠寸断，伤心欲绝，泣涕涟涟。顺便提一句，那白痴小子长大后因为偷盗进大牢了。他曾经是我的同桌呢。人生就是这么变幻莫测，谁也不知道将来会怎么样。就如自己，小时候作业乱做，常被留在学校，挨老妈训的时候还倔强地仰起脸说，别把要进清华的脑袋打笨了，那是扼杀。语气之郑重，表情之严肃，让老妈打也不是，骂也不是了。其实那个年纪的自己对清华的唯一概念就是很牛的大学，遥远不可及的梦，压根没想过考，打打诳语只不过为了吓唬吓唬他们，免受皮肉之苦。善良单纯的老妈还真被我唬住了，此后很少训斥我，还专门跑到老光那里说，这丫头志向可不小呢，要考清华。老光嘿嘿一笑，说："我看行，不过得等她把三十加四十搞懂了。"老妈一头雾水，而我糗得恨不得找块豆腐撞死。

不过说来也奇怪，这之后我在数学上几乎一夜间开窍，数学成为我最强的科目。老光估计也想不通,但他异常高兴,连连说"孺子可教也"。我随意的一句话倒真成了动力,高考后填志愿真写上了清华大学,而老妈却怕得要死,因为当时全校没一个人敢填。她偷偷给我换了志愿,报了另一所北京的重点高校。考试成绩出来,报清华的文科,分数足够,为此我懊恼了一年,从此与清华失之交臂。这时的老光已将近六旬,头发更少了,脸上的皱纹却多了。回家路上偶然碰到他,他呵呵地笑,说快认不出我来了,笑的时候皱纹也舒展了,像绽放的菊花,很温暖。

这已是十几年后的事了。读完三年级,我就转到镇上的小学了,而老光也不教书了,因为村小学被撤了。那五间平房如今全成了柴房,已经找不到当年老光烧饭时炊烟袅袅的痕迹,但那琅琅书声似乎绕耳不绝,而我仿佛也穿越时空看到了童年无忧无虑的自己和聪明"绝顶"的老光。

# 白马湖畔的追思

老师,我来看您了!您永远的学生,您不懂事的孩子,来看您了!

可是,我再也看不到您的笑容了,再也听不到您的声音了。

您躺在玻璃棺木里,那么安静,那么瘦小,那一方白布,将我们隔绝开来。我见您的最后一面,送您的最后一程,竟然是这样的场景。

子欲养而亲不待,吾来也而师已去。人生最大的悲哀,最深的遗憾,最痛的愧疚,莫过于此。

"老师,我来晚了。"我轻轻地呼唤您。

只一句,已泪千行。

我是昨晚才得知您离世的消息的,您的另一个学生发微信给我:"项老师走了。"短短的五个字,我的心,瞬间就如巨石压迫,压得呼吸困难,痛得不能自已。

"什么时候的事?"我问他。

"好像就是昨天。"同学说。

那或许来得及送老师最后一程。手机屏幕前的我,早已泪流满面。

"如果你去了，请代我向师母道歉，并让她珍重身体，山高路远，我来不及赶过去了。上次一别四年多了，说好带着孩子去看他们，如今孩子都两个了，正打算七八月份回老家后去，谁知道……"

"无论如何，我都会去。"我说。

老师，我若再不去看您，我的内心，将一生欠安。

一夜辗转难眠，索性坐起，看您曾经的学生，应该是高我许多届的师兄，写的悼念您的文章《慢走，吾师》："吾师去也，不带着一点天地的尘埃而去；吾师去也，不带着一点人世的浮华而去。项家桥，从此再无锄禾的春晖贤师；白马湖，从此再无教书的永和才俊。"

再度泪眼婆娑。

那么多年了，老师，原来我从不曾认真地了解过您。我不曾了解您走过的岁月，我不曾了解您经历的风雨，我不曾了解您想念学生又不忍叨扰的心。

深深的愧疚涌满了心田，年少的回忆充斥着脑海。

一早向单位请了假，心急如焚地驱车赶往您退休后的住处，那个四明山脚下的小村庄——永和项家桥。

老师，我到了。这就是您出生、长大、别离、回归又遁入尘土的地方吗？

这儿真美，有绵延的群山，有潺潺的小溪，有高高的大树。田野里开满了小花，像一望无际的梦。这里的狗很友善，它没有对我吼叫，只是轻轻地走近我，羞涩地望着我。

老师，六十二年前的您，那个十七岁的少年郎，村里第一个大学生，就是从这里，背负着全村人的骄傲，走进象牙塔，再走上三尺讲台的吧？

生于此，长于此，又终老于此，您对故土的热爱，如您数十年如一日传道授业解惑般执着。

老师，这个面积不大却绿树成荫的小院子，是您喝茶、打瞌睡、与村人闲话家常的地方吧？师母说，退休后，您只在城里住了一年，便定要回到乡下的老家。这一处老宅，是多么简陋啊，可是您说，这是母亲留给您的，您想和父老乡亲们在一起，这是您的根，是您永远无法舍弃的家。

老师，不远处那紫云英开得最盛的田地，是您耕作过的吧？村里人说，整理得最干净的、田埂笔直的，就是项老师家的田了。解甲归田，农夫您亦当得那么认真。

老师，这看起来还崭新的床、崭新的被褥，是您生命的最后几天躺过的地方吧？师母和您的四个孩子为您铺的，您出院后回家，不让人抬着，硬是在家人的搀扶下一步一步走到床边。在这张床上，您只待了两天，没有留一点污秽，您是多重尊严、多惜体面的人啊。"质本洁来还洁去"，您给我们讲解《红楼梦》时说得最多的一句话，您做到了。

老师，这个简陋的不足三平方米的房间，是您的书房吧？是您读书、看报、给乡亲们写春联的地方吧？密密麻麻的书，大多翻烂了，用透明胶黏合着，是它们陪着你，走过大半生的寒来暑往吧？书架旁，您抱恙书写的社会主义核心价值观学习心得，一页页，满满都是您对国家的爱啊。墙上，是您亲自勾勒的《红楼梦》的人物关系图，那时您发给我们，每人一张。陈旧的书桌上，发黄的玻璃板下，是您从青丝到华发的照片。一个温文尔雅的书生，一个满头白发的老人，就这么走过了他平凡又伟大的一生。

老师，于您，桃李满天下的您，我是千百个学生里普普通通的一个，可也是让您牵肠挂肚的一个；于我，已过而立之年的我，您是我从小到大众多老师里的一个，可也是让我铭记一生的一个。

还记得1997年的夏天吗？一个瘦弱的女孩子，兴冲冲又怯生生地走进了白马湖畔、春晖校园。那一年，她从一个偏远山区的初中，以高分考入了春晖，这个她从小一直梦想的求学圣地。

她初中的班主任，一个治学严谨的老太太，在她报到前，给在春晖教书的一个老朋友打了电话，托付他照顾她最心疼的学生。

"记得别让小丫头再吃霉豆腐和榨菜。"初中班主任叮嘱他说。

那个小丫头，就是我。那个受人之托的老师，就是您。

那一年，我十六岁；那时的您，五十八岁。

您是我高一的语文老师。

铃声还没响，您已经悄然站在教室门口，瘦弱的身材，白净的皮肤，微扬的嘴角，鼻梁上一副厚厚的黑框眼镜，笔挺的中山装，上衣口袋插一支钢笔，夹着教案、自备的粉笔盒。那么周正地站着，像是赴一场庄严的盛典。

铃声一响，您疾步向讲台走去。铃声完毕，您已放好课本、教案、粉笔盒，端端正正地站定。

一声"上课"，亦是温柔。

文弱书生，和蔼又严谨的小老头，是您给我的第一印象。

您开口了，夹带着浓浓乡音的普通话。这三尺讲台，便俨然成了您纵横驰骋的沙场。

"群山万壑赴荆门，生长明妃尚有村……"您情不自禁说上一句，"淡淡妆，就这么一个汉家姑娘。"

您的声音渐渐洪亮，您的表情渐渐飞扬。

讲至半场，您的额头上已冒出了细细的汗珠，于是，您从口袋中取出一块手帕来，推一推眼镜，擦一擦汗水，然后，继续用力地讲。

《木兰辞》《师说》《劝学》《刘姥姥进大观园》《浪淘沙》……

动情处,您湿了眼眶;豪迈时,您抑扬顿挫。

可是,就算指点江山、激扬文字,您依然是温和的,恬淡的,连笑都是含蓄的。您极少表扬我,唯一的一次,是我代表学校参加全市现场命题作文大赛,得了个一等奖回来,您当着全班同学的面,表扬了我,还把我的文章要了过来,一边读,一边点评。

读到一处,您突然停了下来,皱起了眉头,说:"这引用的诗,应该是舒婷的,不是席慕蓉的,错了,错了……"

老师,那时的您,真严肃啊。

放学了,您回到"一字楼"的教工宿舍里,师母已经备好了简单的两菜一汤。师母是个亲切又温婉的女子,待人极好。您的孩子们都不在身边,工作的工作,读书的读书。

您常常叫我去吃饭,怕食堂的伙食不够好,怕辜负了老朋友的嘱托,怕我再吃霉豆腐和榨菜汤。我去了,师母必定添两碗荤菜,不停地夹给我,碗里便满得不能再满。

橘黄的灯光下,你们闲话着家常,我听着、看着,那样温暖。

吃完饭,您拿起钓鱼竿和小板凳,走到湖边,拿家里拍死的苍蝇做鱼饵,一动不动地坐上个把小时。您钓鱼的样子,专心极了。

我问您:"为啥不买鱼饵啊?这苍蝇,鱼能来吃吗?"

您说:"既消灭了害虫,又省了钱,多好啊。姜太公钓鱼,愿者上钩喽。"

正说着,呀,鱼竿动了,鱼果然上钩了。您转向我,眉飞色舞,像个孩子一样骄傲地说:"看,能钓到吧。"

老师,那时的您,真可爱啊!

高二,文理分班,我读了文科,换到了新班级,换了语文老师,您不再教我了。

新老师年轻、潇洒、幽默,相较于您的周正、严肃、一丝不苟,他是那么充满活力，那么让年少的我们崇拜和喜爱。

他也是一个好老师。

青春的我，又怎能透彻地理解，您那深锁的眉头下、厚重的镜片后，包含着多少对教育事业的热爱、责任，包含着多少对我们的殷殷期望。

我读高三时，退休年龄已到的您被学校盛情挽留，您二话不说就留下了。这满载着您最好的年华的春晖园，以及敬爱您的莘莘学子，何尝不是你最难舍的牵挂。

老师，您还记得您是我的入党介绍人吗？您还记得您为我写的入党介绍词吗？那个六月，春晖园的会议室，您坐在十八岁的我的身边，轮到您读介绍词时，您站了起来："该同学品学兼优，待人和善……我愿意推荐其入党……"

对不起，老师，我已不能完全记起了。如果您还在，我想，您一定是记得的。

那时的您，真庄严啊。

那么恬淡的您，那么严肃的您，那么可爱的您，那么庄严的您，终究逃不过岁月的残酷。

您一直念叨着我们的名字，可为什么不让师母告诉我们您生病了？为什么老了还那么倔强？

如今，我握着师母的手，拥抱着她的肩，紧紧地，紧紧地。她也那么老了。

她噙着泪，说："这么远，还来看你的老师，真是个有情义的好孩子。"

我深深地汗颜，深深地内疚，老师，我不是一个好学生，更不是一个好孩子。

多少年了，我没来看过您。这个小院子，我都快认不得了。

老师，那个十几岁的小丫头，如今已经为人妻、为人母了，她也已经过了而立之年。可我知道，在您眼里，哪怕我有了皱纹、长了白发，还是那个不谙世事的孩子。

多想再听您激情飞扬地讲一次《红楼梦》，多想再看一眼您明亮的、慈善的眉眼，多想再和您、师母一起围着小圆桌吃一顿饭；多想时光倒流，再回到十六岁的春晖园，听您再轻轻唤我一声小名，我一定紧紧地，紧紧地，拥抱您。

可是，我回不去了，您回不来了。

您给我上的最后一课，叫"惜取眼前人"。

我的初中班主任，您的老朋友，也已经白发苍苍，我会经常去看她，陪她说说话，与她聊一聊您，她一定记得您年轻时的样子。

我也会带着我的孩子，到您的坟前，给您磕个头，唤您一声"师公"。

我会告诉她，这里面的人，一生节俭，一生无争，一生清正，一生光明。

他是寒门学子，他是书生，他是教书匠，他是长者，他是母亲一生的恩师。

我会告诉她，您叫项新灿，您的同事和学生都尊称您——项公。

# 女人三章

### 如花

张爱玲的小说里,一个叫振保的男人,生命中有两个重要的女人,一个是圣洁的妻子,一个是热烈的情妇。他说,一个是他的白玫瑰,一个是他的红玫瑰。

我还记得张爱玲用了一段让人过目不忘的文字来描述两种玫瑰:"也许每一个男子全都有过这样的两个女人,至少两个。娶了红玫瑰,久而久之,红的变了墙上的一抹蚊子血,白的还是'床前明月光';娶了白玫瑰,白的便是衣服上的一粒饭粘子,红的却是心口上的一颗朱砂痣。"

那是张爱玲的年代吧,所以当她遇到胡兰成,那个众人口中的汉奸,那个已有白玫瑰的男人,那个年龄上几乎可以当她父亲的男人,她突然就变得很低很低了。倾城的爱恋,仅仅因为这个世上,只有胡兰成懂得她。因为懂得,所以慈悲,所以低到尘埃,开出花来。只是,这花注定不会结果。

胡兰成高估了自己,自信满满地以为张爱玲会一直低下去。张爱玲跟他诀别,说:"我已经不喜欢你了,你是早已经不喜欢我的了……我将只是萎谢了。"

也许,张爱玲想过朝朝暮暮、天长地久;也许,她根本没想过。高贵如她的红玫瑰,最终变了墙上的一抹蚊子血。男人,尤其是文才风流之男人,很难为一个女人停留,哪怕这个女人是令人惊艳的仙女,抑或是魅惑的妖精,哪怕这个女人是其他所有男人孜孜以求的梦中情人。她不论是成其白玫瑰还是红玫瑰,最终只是个普通的女人。若成了白玫瑰,貌赛西施在丈夫眼中也渐渐面容模糊,天真烂漫的娇憨则成了不会过日子,他也慢慢遗忘,原来自己的女人还曾诗情画意。他不明白,皆因他不再当她是知己,是内心细腻而脆弱的女人,她成了他在衣食住行之外的另一种习惯,一种叫妻子的人。称其白玫瑰还是文学化了的,怕是玫瑰变成了月季,最后月季也不是,成了狗尾巴花。若成了红玫瑰,倒是能你侬我侬、天涯海角、海枯石烂一番的,可是日子久了,这红色也黯淡了去,或黯成了紫黑色,和家中的母老虎渐渐无异,绕指柔的言情剧折腾成打打杀杀的动作剧;或淡成了粉白色,十年之后不属于谁,连拥抱都没有借口。唯一的区别,白色的饭粘子每天都要吃,除非哪天到了北方吃面的地方,再不碰米饭;而红色的蚊子血,时光过去,消失了踪影,了无痕迹,那个在心底烙下朱砂痣的,怕是道行更高。

我忘了振保和他的两朵玫瑰的结局。男人若不自以为是,倒是真能有始有终,胡兰成他只是忘了,最后变成饭粘子的曾经的白玫瑰,却也有可能是别人那里精心呵护着的红玫瑰,而他拍死的蚊子的血迹,却从墙壁中开出花来,成了高不可攀的白玫瑰。

**如歌**

就这样,几千年的岁月过去了,可我还是记得你们。这生生死死、朝起夕落的代代王朝，这纷繁芜杂、悲喜交织的俗世红尘，有多少帝王家的爱，能如三郎和玉环这般纯粹芳香，这般温暖执着？一生一代一双人，独一无二。

尤记得初相遇，你一低头的娇羞，肆无忌惮的青春，明朗却不锐利的笑容，便令中年已过的他突然有了少年的激动和憧憬。于是，"开辟鸿蒙，谁为情种？"所有帝王阙如的深情，流失的纯真，回来了。他再也顾不了世俗礼仪的羁绊，再也顾不了文臣武将的力阻，再也顾不了父子情深的纠结，他击鼓为奏，她翩翩起舞，名花倾国两相欢。

他与她志趣相投、惺惺相惜，他爱她天生丽质难自弃，回眸一笑百媚生，他爱她单纯娇憨呼他"三郎"，他爱她生气吃醋如寻常夫妻。从此，在她面前，他不是他，不是叱咤风云的天纵英才，不是君临天下的万乘至尊；他又是他，是那个返璞归真、为爱痴狂的天真男人，是那个情真意切、多喜多愁的少年情郎。

她呼他"三郎"，娇憨如民间的小女人；他叫她"玉环"，宠溺如一日三秋的恋人。在她眼里，他是丈夫，非天子，是爱人，非君主。没有了敬畏，没有了承欢，情意变得绵长而纯粹。他料不到年过半百，能重新活过。她料不到宫院深深，能遇见此生爱人。

七月七日长生殿，夜半无人私语时。她不涉时政，他却爱以江山换一笑。风云骤变时，她方知自身与天下苍生脱不了干系。红颜祸水？红颜岂是祸水？周幽王烽火戏诸侯，吕布一怒为貂蝉，曹植抱憾《洛神赋》，都不是红颜要求的。只是，她们翩若惊鸿，婉若游龙，若有若无地一笑，这些男人便发了疯。玉环，又何尝不是如此。可她，怎忍他霸业成灰，成为千夫所指？他又怎舍她白绫掩风流，香魂随风去？

君生我未生，我生君已老！长恨，长恨！

可是，够了，够了。今生相知，轰轰烈烈的缠绵足以流芳百世。瞻前，班婕妤因飞燕而寂寞，长居深宫作《怨歌行》；顾后，纵有顺治为董鄂氏出家，可风情岂能与之同日而语。愿得一心人，白首不相离。她宛转蛾眉马前死，亦无怨。

在天愿为比翼鸟，在地愿为连理枝。爱情，是不会死的。

### 如水

很久不写东西，是因为生活着实平淡，平淡得被比喻成蒸馏水似乎更贴切些，因为白开水总还有些杂质，细细品鉴或许还有些酸甜苦辣的味儿，而蒸馏水般的生活，久而久之都让我失去了味觉和嗅觉的灵敏度，快变成贾宝玉前世的顽石了。这个时候，秦淮河静静地流淌过来了，笼罩着水雾迷蒙的烟霭，交织着六朝粉黛的笑和泪，悄无声息，却暗潮涌动，不费吹灰之力便渗入了我慵懒的内心，搅起涟漪无数。

秦淮河的美，香艳却不明朗，低调然而奢华。她生活在金粉楼台里，生活在画舫凌波里，生活在桨声灯影里，更沉醉在商女如花里、文人墨客里、功名仕途里。我仿佛看见杜牧浅酌低吟"烟笼寒水月笼沙，夜泊秦淮近酒家"，仿佛看见唐伯虎泼墨写意画尽世间狂傲与风流，仿佛看见李香君手持桃花扇"无风自婀娜"，仿佛看见柳如是长袖善舞对月当歌，"我见青山多妩媚，料青山见我应如是"。

秦淮八艳，年轻的容颜肆意绽放，她们或敢爱敢恨，或婉约多情，或风情万种，或小家碧玉，或文思敏捷，或歌舞绝佳。出淤泥而不染的女子，美貌、才华、风情兼具，那么她们无疑是引得男人竞相追逐、拜倒在她们石榴裙下的"红颜祸水"。但才貌双全的女子大多应了"自古红颜多薄命"的诅咒，有谁真正探寻她们敏感纤细的内心，有谁真正懂得怜香惜玉呢？大部分男人，只喜欢她们年轻时候的容颜，却无法爱上她们年老时候的皱纹。在寂寞缭绕中，这些美丽的躯体和灵魂烟消云散，或多或少或浓或淡地留下一两笔风流韵事、爱情佳话。

  我有多久不这样感慨，已记不起，有多久不为美女感慨，更记不起。女人的忧乐，我很少去关注，我更愿意像男人一样粗枝大叶地活着。张爱玲说，喜欢一个人，会很低很低，低到尘埃里，但心里是欢喜的，从尘埃里开出花来。无论多优秀的女人，碰到一见倾心的男子，高傲的头颅不再仰起，清冷的眼神变得温暖，笑容都羞涩起来，因为她的心里，已经开花，为他死，为他活，为爱撕心裂肺，无可救药。而男人关注的，不仅仅是爱，不仅仅是女人，他们的世界很大，他们的眼界很广，他们不是为爱而活的动物。这就注定了男人和女人在爱情面前的不平等。当然，并不是所有的男人都这般粗心，也并不是所有的女人都如此痴情，反过来的例子也不在少数。但水一样的女人，一辈子念的、恨的却始终逃不过"男人"二字。

  梅艳芳唱着："女人如花花似梦。"

  曹雪芹叹着："试看春残花渐落，便是红颜老死时；一朝春尽红颜老，花落人亡两不知！"

## 如果没有你

今天晚上,他值班。夜深人静的时候,像往常一样,打开一个音乐网站,随便点几首歌听听。

走过莽撞少年,临近无聊中年,他的心日益沉寂。上班、下班、回家,偶尔和朋友们打个球,这就是全部的生活。他说不出来这种生活是好是坏,是喜是悲,总之,他觉得自己亦别无选择,唯有一直沿着现有的轨迹走下去。

"偶尔我会想起他,心里有一些牵挂,有些爱却不得不各安天涯……在人来人往的街头想起他,他现在好吗……"

听到这首歌,他的心里莫名抽搐了一下。

窗外淅淅沥沥下起了小雨。这乍暖还寒的初春,雨下得缱绻而耐心。他伸手去关窗户,看见昏暗的天地间,橘黄的灯光把雨丝分解得支离破碎,雨丝像动物的绒毛一样飘了起来。恍惚间,过去和现在重重叠叠,席卷而来。是的,这个雨夜,这音乐把时间一分为二地交给现在的他,可他始终无法决定,哪边应该展开,哪边应该折叠……

那时，他还在读初中，花蕾一样的年纪。十五岁，调皮捣蛋的他被父亲转到一所乡镇中学，复读初三。上学第一天，他还没见到她，就已经听说她。她在隔壁班，是学校里成绩最好的女生。

他有些好奇。课间十分钟，他装作漫不经心地晃过她所在班的走廊，透过窗户快速扫描了教室里的一切。直觉告诉他，她不在。他有些失望。

第二天，举行升旗仪式的时候，站在他旁边的一个虎头虎脑的男孩子低声说："据说白云清生病了，好几天不来上学了，不然以前都是她升旗的。"

哦，原来她叫白云清，他想。

到了新学校，他收敛了几天，老实得让他自己都惊讶。等到跟同学都混熟了，他又露出了不羁的本性。那天，数学课前，他偷偷把一只毛毛虫放进了前桌女孩的铅笔盒里。没过多久，女孩的尖叫响彻整个教室，全班侧目。教数学的是个五十多岁的老太太，在学校素以严厉出名，几乎没有学生不怕她。她用她那双比猫头鹰更锐利的眼睛扫视了一下所有学生，他便毫无悬念地被揪了出来。

在教室外罚站的滋味，他再熟悉不过，不累，就是无聊。他移了几步，能够听到隔壁班正在上语文课。年轻的语文老师正激情洋溢地朗读着《水调歌头·明月几时有》。初秋的阳光洒在他身上，他渐渐有点困倦，连打了几个哈欠。突然，他听到一个似曾熟悉的名字。

"白云清，你给同学们背诵一下这首词。"语文老师说。

白云清、白云清，哦，那个女生，她来上学了？

"人有悲欢离合，月有阴晴圆缺，此事古难全……"

他听到一个清脆中略带稚气的声音，突然睡意全无。悄悄移了几步，他能看到她站立的背影了，马尾乖顺地垂在脑后，瘦弱的身子裹在宽大的校服里，愈发显得单薄。

他听了一堂语文课，那是唯一一次他觉得很有意思的罚站。

中午，去食堂吃饭。他第一次没有和其他男生一起百米冲刺。他不紧不慢地走，直到她超过他。他用眼角的余光看到了她的侧脸，白净、清秀，像小鹿一样灵动。

他就这么跟在她身后，忐忑。

"白云清。"他身边一个女孩叫。

她转身，正好撞上他的目光，他来不及躲闪，一时怔住。她好奇地看他一眼，眼睛明亮，笑容干净，随即拉着那个女孩的手快速离开了。他仿佛能听到她们在窃窃私语，是否关于他，他不确定。只是之后，每次和她不期而遇，他都觉得她在对他笑，眼睛里含着羞涩腼腆的笑。

那个周末，他不回家，骑自行车到小镇的大街小巷溜达。在街角的小书店里，他看到她，她正低头看一本书。他至今还记得那本书的名字《麦田守望者》。他走过去，像熟悉很久的朋友一样跟她打招呼，其实这是他第一次跟她说话："嗨，在看书呀。"

"是啊，你也在！"她回过头，用并非询问的语气说，随意得像对一个多年老友。

那天，他陪她回家。那段回家的山路，足足有几公里远，他就那样推着自行车，和她并肩走着。多年以后，他回想起来，依然是那样幸福和温馨。田野、竹林、花草一段段地掠过他们身旁，他们聊着年少时特有的梦想、忧伤和喜悦，怀揣着两颗懵懂又激动的心，唯愿路长一点，再长一点，时间走得慢一点，再慢一点。

他和她约定：好好学习，考上大学后再来走这条路。

那时的他，将这个约定当作她四年后愿意接纳他的一种信号。他似乎一天之内长大了、成熟了，学习成了一件让人快乐和满足的事情，也许那就是爱的力量。也就在那个年纪，会为了心爱的女孩子，彻底改变自己，专心致志去成为她希望看到的那个他。

他点了一根烟，继续回忆……

一年后，她考入当地最好的高中，而他却以几分之差与这所高中失之交臂。他们俩的学校离得并不远。可他爱上了写信。他喜欢写信时那种浓烈的倾诉感，喜欢寄出信之后渴望回复的满心期待感，更喜欢收到她的回信后，找一个安静的地方快点拆开一睹为快的喜悦感。

她在信里，跟他细说学校的一切，那里有小桥、流水、停泊的船只，夏天的晚上还能听见蛙声一片；宿舍里经常有老鼠穿越，有一天晚上还爬过她的脸；门卫阿姨很胖，很喜欢絮絮叨叨讲她的过去；她喜欢在夜晚的操场上跑步，一个人天荒地老的感觉……

每当读完她的信，他就想象她歪着脑袋，偶尔冥想着，给他回信的样子。年少时的感情，单纯洁白得像未飘落到地上的雪花。只言片语便让人纠结牵扯、欲罢不能。

他逐渐成长为英俊挺拔的大男孩，成绩优异，脾气温和。经常有女生给他写情书，也有当面表白的。他对她们说，他心中已有女孩，她是他的唯一。

高三，她的回信越来越简短，回复的时间间隔得却越来越长。他想，或许她忙着复习备考，不想分心吧。可是有一天，她却突然出现在他的校园里。

她说，来看个朋友，顺便看看他。

尽管只是顺便，他亦欢欣无比，甚至不知该如何是好。他请她和她的朋友在校外的小饭店吃晚饭，晚饭后，他们绕着操场转了一圈又一圈。他已经不是当年的莽撞少年，越长大越羞涩，她在他心里就像天上的仙女一样神圣，他甚至已不敢直视她的脸，只借着昏暗的路灯灯光偷偷地快速地瞧她的侧脸。

他说："终于快高考了，我们又可以走那条路了。"

她答："前提是你考得上，且考得好。"

他憨憨一笑："那是。"

在她面前，他从来就不是那个处事冷静、淡定从容的男孩子，而是变得拘谨而自卑。面前这个娇弱的女孩子，不多话，却轻易笼罩他整个心田。有时候，他觉得她离他很近，有时候，却遥远得让他忧心。他多么想问她的心意，她是否也喜欢他，却怎么也开不了口。

他们在操场转圈的一幕，在他工作后经常出现在他的梦境里。晚风习习，树影婆娑，灯光昏黄，他们保持着五十厘米的距离，走啊走……

回忆，让人时而轻笑，时而感伤。一支烟抽完，他没有再续，和衣躺在值班室的床上，现在电脑中是另外一首歌，莫文蔚沉静又略带嘶哑地唱着。

"我真的好想你……太多的情绪，没适当的表情……最想说的话，我该从何说起，不知道你是否也像我一样在想你……如果没有你，没有过去，我不会有伤心……可是有如果，还是要爱你……"

如果没有你，如果没有你——白云清，我会在哪里呢？他想。或许不在这个城市了。当初主动申请调离她的城市，是万分痛苦后的抉择。那时……唉，他暂时不愿想起，现在要怀想的，是十八岁的夏天。

十八岁的天空，永远都是蔚蓝的，高考后的世界，更是轻松惬意、绚丽多彩的。像放飞的鸟儿，他雀跃无比。他自我感觉不错，应该能上理想中的大学。最重要的是，他终于可以跟她再一起走那条熟悉的山路，他期待她心意归属的那刻，他成为这个世界上最幸福的人的那刻。

那时还没有手机,他打她家里的电话。接电话的是她妈妈,听声音很和善。

"你找云清啊,她去同学家里玩了,明天回来。请问你叫什么名字,我转告她,让她给你回电。"

他赶紧报上自己的名字,并说明天会再打电话。

第二天晚上,他早早地吃了晚饭,走到电话机前,拿起又放下,心想,她这会儿应该还在吃饭吧。

他不由地暗自笑话自己,那么早吃饭干吗。

他眼巴巴看着时钟一分一秒地走过。等待是如此漫长。终于,半小时过去了,他激动地拨出了那个在心头念了千遍万遍的号码。

相思,特别是年少时的相思,该怎么理解呢?就像烛灭了,灯亮了;灯灭了,月上了;月隐了,朝阳出了;夕阳尽了,大地暗了,心亮了。相思,其实是不灭的煎熬。

"喂……"是她。

"白云清,是我。"他的声音有些颤抖,"你考得怎么样?"

"还行,"她愉快地说,"你呢?"

"呵呵,也还行!"他说。

"对了,白云清,你还记得你答应过我什么吗?"他压抑住内心的忐忑,问道。

"当然记得,和你再走一次那条山路嘛,正好,我也有话跟你说呢。"电话那头,她欢快得像只小麻雀。

他原本忐忑的心情立刻明朗起来,跟孩子一样,蹦蹦跳跳地出了家门,找最好的朋友钓鱼去了。这个炎热的夏天,美好得简直不像人间。他的白云清,约了他明天见面,这一天,他等了四年。

当天晚上,他失眠了。他的脑子里,反反复复地想着见面后的场景,他该穿什么衣服,该表现得稳重点儿还是热情点儿,要不要拿把伞给她遮挡毒辣的阳光……想完将来的事，他又开始回想过去，和她少得可怜的共处时光，每一分，每一秒，每一个细节，他都仔仔细细地回味了一遍。

天蒙蒙亮，他就坐上公车出发去她的家乡了。晚上没睡好，他的眼睛有些轻微的浮肿，可眼神是有神采的，似乎都能透出欢乐的光芒来。

赶到她家所在的村子，太阳刚好明晃晃地升到天际。按照约定，他在村头的小桥上等她。趁着空隙，他悠然地打量起这个美丽的小山村，眼前是连绵不绝的绿色，黛绿、墨绿、青葱绿，阡陌交通，鸡犬相闻，一老伯赶着牛哼着小曲从他身边经过，一切是那么灵动，生机勃勃。他有一种莫名的亲切感，最爱的女孩就在这个地方出生、长大。如果没有她，他可能一辈子都不会到这个地方，也看不到这么美的风景。她还是小丫头的时候，是不是漫山遍野跑呢？他想着，又暗暗嘲笑自己总是天马行空。

她比约定的时间早到了十五分钟。这几天出门玩得多，她的脸被晒成小麦色。蓝色的T恤，白色的棉布长裙，白色的球鞋。她俨然从当初那个稚嫩的小女孩长成大姑娘了。两人先是一前一后走着，有一搭没一搭地聊天。她说，被熟人看见，还以为她谈恋爱呢，不好。他听了有点伤心，不过转念一想，觉得也正常，女孩子总是害羞的。

直到远离了村庄，她才走到他身边，和他并肩走，不过依然保持五十厘米左右的距离。

"白云清，你打算填报哪个大学？"他问。

"没想好，看分数吧，我想去北方。"她说。

"我跟你报同一个城市吧，这样我们可以一起坐火车去。"想到能和她一起奔赴陌生的城市，他有说不出的开心。

"好啊，分数出来后我们商量下。"她说。

路过一片小树林,知了正声嘶力竭地扯着嗓子唱歌。她突发奇想,说去抓知了。于是两人蹑手蹑脚地走进树林里,靠近知了声音最大的那棵树。正好有一只不怕死的停靠在两人伸手可及处。他其实有点怕那黑不溜秋的小玩意,可为了表现男子汉的胆魄,正要豁出去,她却已经抓在手里了,冲他眨了下眼睛,调皮地说:"我功夫不错吧。"

他真是极喜欢她娇憨机灵的样子。

两人在林荫下面对面坐着,用树枝搭了个"房子",把知了放进去,一边看着它在里面悠闲地散步,一边聊天。

他们谈到以后的理想。

"我想当警察,正义的、善良的警察。"他一脸憧憬。

"我也不知道想做什么工作,上小学时想当老师,初中时想当作家,高中时却迷茫了,不过有个梦想,想办个孤儿院或者敬老院,我当院长。"她认真地说。

很多很多年以后,他开了个敬老院。只是,院长不是她。他不知道,她是否还记得她当初的梦想。可他记得,一直记得。

快到达小镇的时候,他们告别。他依依不舍,内心彷徨,挣扎了好久,在她即将转身的那刻,他终于鼓起勇气说:"白云清,我喜欢你。"

"我喜欢你"四个字,现在根本算不了什么,就像说"你吃饭了吗"一样平常,"亲爱的"更是泛滥成灾,淘宝店家都如此称呼顾客。可当时,对于他,那是沉甸甸的,意义非凡的,铭记一辈子的。

他记得她当时微笑的眼睛,她对他的表白显然不意外。她说:"我们大学里相会吧。"

他有点茫然,不知道她这是接受还是拒绝。可她至少是给他希望的,没有说对不起,就表明她并不反感。

分数揭晓填报志愿的前一晚，两人足足通了一个多小时的电话。他们都考得不错，她比他略高几分。讨论再三，终于选好了学校。两所大学在同一个城市同一个区，离得很近。

在焦虑地等待了半个月后，录取通知书来了。他马上打电话给她，天遂人愿，两人都进了理想中的大学。

他欢乐地跳了起来，对着电话喊："白云清，我们可以一起坐火车啦。"

她咯咯笑："你是坐过火车的啊，我从来没坐过，也没你这么激动啊。"

他笑："那不一样。"

接下去的一个月，是人生中最快乐的时光。他每天都给她打电话，为她折幸运星。一个大男孩，细细碎碎地干着女孩子的活，傻得天真，天真得浪漫。人这一辈子，会做很多所谓的傻事，在事后想起来，会觉得不可思议，却又那么可爱，它们只属于特定的年纪、特定的心境。

实在思念时就坐车去她的家乡，那时他还不敢直接去她家，即使她父母都是开明随和的人。他只能跑到和她同村的同学，他们共同的好朋友——徐鹏的家里，然后邀上徐鹏一起去她家找她玩。

徐鹏是个大大咧咧的男孩子，却也能轻易察觉他对她的情愫。可这并没影响他们三个的感情。他们依然嘻嘻哈哈，无所不谈。他还记得有一天她父母不在家，他当大厨烧菜做饭，徐鹏负责烧火。而她，就被他们两个安排到椅子上坐着看。他很小就烧得一手好菜。当她津津有味吃着他做的饭菜时，他觉得如此感动而满足。

很快，开学的日子到了。两人都没让大人送行，提着大包小包上了火车。火车硬座，行程将近二十个小时。他们即将奔赴另一片天地，仰着半天真半成熟的脸庞，怀着迷茫和憧憬。他不知道，未来四年，生活会是怎么样，但毫无疑问，快乐和悲伤跟身边的这个女子有关。夜幕渐渐降临的时候，她终于熬不住了，开始打瞌睡。他坐在她旁边，因激动而睡意全无。当她的脑袋慢慢落在他肩膀的时候，他忽然觉得自己是个可以替她遮风挡雨的男人了。他一动不动地坚持了四个小时，生怕惊扰了她。夜晚的火车，好像时光机器，穿梭在陌生的城市之间。窗外，灯光掠过，树影飘过，他觉得这样的幸福竟有些不真实。他甚至看不到心爱女子的脸，他无法知道此刻她脸上的表情，她有没有入梦，梦里是否有他的身影。他只是感觉她前额飘落的秀发轻轻抚着他的脖子，像鸟儿的羽毛般柔软。

多年以后，他和其他女子热烈亲吻，都没有她靠在他肩头那么令他心颤。青春年少，最爱一个人，便是无声无息，就想到地老天荒。

值班室有电话进来，他起床，接完电话，望了眼窗外，才发现雨已经停了。他推开门走出去，凌晨的寒意带着湿润的气息扑面而来。黑夜中的城市，偶尔传来一两声汽车的鸣笛，更显静谧。他感觉如此放松。这个夜晚，回忆肆无忌惮，他纵容它继续。

他读的公安类学校，一开学便是为期两个月的封闭式军训。那些高强度的锻炼，让他每天疲惫不堪。五公里长跑，坚持不住的时候，他就幻想着她在终点等他，信念支撑着他超越一个又一个对手，直至到达。

工作后，他曾把这件事讲给哥们听。早已深谙世故的男人们笑他煽情。是的，他们早已过了纯粹的年纪，怎能体会这种把爱当作信仰的感觉。

他们的学校相距不足三公里远，可他无法去看她，唯有以信寄托相思。

他告诉她，他黑了，却壮了；宿舍有个胖子，一顿吃一斤米饭，还有个帅哥，吉他弹得很忧伤；他过得很好，只是非常想念她。

她回信说，初入大学，有些小小的不习惯，不过还好，结交了一个同寝室的好朋友，很美，却有点叛逆，两人深更半夜在校外的马路上来回晃悠，买了很多个肉夹馍吃。

她说，英语老师的声音太过温柔，就像催眠曲，她一上英文课就想睡觉。她最喜欢文学课，文学课的老师是个将近六十的可爱的老头，穿中山装，学识渊博，讲述《红楼梦》时眉飞色舞，动情处潸然泪下。

她说，学校后面有家川菜馆，水煮肉特别好吃，还有三块钱的西红柿蛋汤，她们宿舍六个女孩子一个礼拜去吃一顿。

她说，天气渐冷，有一天晚上她洗完头没吹干就出门，回来发现头发结冰了，一梳头哗啦啦的冰碎子落下来。她开始盼望北方的冬天，会下鹅毛般的大雪，想堆个雪猪，眼睛像自己，鼻子像他。

最后，她说，她也想念他。

她的那些信，他放在枕边的小壁柜里，看了一遍又一遍。军训结束当天，他就骑着从二手市场淘来的旧自行车直奔她学校。那时，她的宿舍还没有电话，他通过传达室的阿姨呼叫她。

她蹦蹦跳跳地下来了，头发剪短了，像个假小子。他伸手揉她的头发，说怎么剪这么短。她笑着躲闪，说听了一首歌就把头发剪短了，尽管并没有失恋。

他却从此爱上了俏皮的短发。他觉得，剪短发好看的女生，必定有精灵一般的聪慧。

她坐在他自行车的后座，在校园里游荡。在他冲下一个坡的时候，紧紧拽住他的衣角，大声尖叫。

他们坐在紫藤架下，聊着各自学校的趣闻，无所顾忌地笑。

在操场边的单杠上，他一口气做了五十个引体向上，她惊叹的语气让他大大得意。

她带他去吃传说中的水煮肉和三块钱的西红柿蛋汤,他喜欢看她一开始狼吞虎咽,忽而又大喊"饱死了"的可爱样子。他至今怀念那个味道,水煮肉的味道,还有她带给他的紧张又甜蜜的味道。毕业很多年后,他曾一个人跑去她的学校,遗憾的是,那家小餐馆已不在。

分别的时候,他发现她的鞋带散了,蹲下去给她系鞋带,那么自然而然。

冬天终于来临,鹅毛般的大雪也如期而至。他记得她的手每年都长冻疮,给她买了小鹿图案的手套、帽子和围巾。父亲给他额外寄了钱,让他买件厚实的羽绒服,他却第一个想到她。跑遍了附近的商场,选了一件可爱的女式羽绒服,纯洁的白色,大大的帽子。他想,她穿上一定很好看。

她低语:"白色的,很容易脏,我都舍不得穿。"

他急了:"一定要穿,穿脏了我给你洗。"

当那件白色的羽绒服出现在他宿舍的暖气片上的时候,忧伤的吉他男对着衣服弹唱:"哎呀,灰姑娘,我的灰姑娘……"

她对他说:"你肯定是这辈子对我最好的人。"

那时,他不知道,她也不知道,这辈子有多长,最好的那个人,却不是陪伴到老的人。

他的意识渐渐模糊。那些美好的瞬间,轻轻牵动了他的嘴角,也牵动了心底最柔软的地方。梦境还是现实,已无法分清。

他又是那个二十岁的青年了,手里捧着熬了很久的冰糖雪梨汤,候在她的宿舍楼下,不时张望着她回来的方向。上大学的第二个冬天,冰天雪地,室内因为暖气而温暖如春,室外却只要站上几分钟便让人瑟瑟发抖。他已经等了快一个小时,脚趾早已失去了知觉。怕汤冷了,他把它裹进厚厚的大衣里面。前几天,她在给他的信里说,感冒了,嗓子疼。

他已有手机,而她没有,不过宿舍装了电话。他曾千方百计想把手机给她,方便他找到她,可她死活不要。她说,这么贵重的东西,不能收。那时,手机对于穷学生来说还是奢侈品。

他看了看手表,已是夜里九点,给她的宿舍打过几个电话,确定她还没回来。他跺跺脚,来回走动,活动下冻僵的脚。时间一分一秒过去,等待是如此漫长而煎熬。差五分到十点的时候,他远远听到她的声音。

他激动地赶紧往前走去,然而,只几步,他便停住了,愣在那里。她的身边,有一个男生。他们手拉着手,有说有笑,样子很亲密。

他感觉脑子一片空白,心里亦是强烈的痛楚。他就呆在那里,完全不知道该怎么办,他就一直呆在那里,直到她也看见他。

"你怎么过来了?"她很意外。

"我、我来给你这个。"他走到她面前,把梨汤递给她。

"还热着。"他说。

"云清,他就是你说过的同学吧?"她身边的男孩问道。

"是啊,我们跟哥们一样,最要好。"她莞尔一笑。

她必定没有听见他心碎的声音,她的笑如此温柔含情,对他从未有过。原来这么多年,他只是她最要好的朋友,她丝毫不爱他。

他忘了自己是如何假装镇定的,忘了自己是如何跑回学校的。人生第一次,他体会到了无法呼吸的感觉。

他还是给她写信,只是再不说想念。想念,在心里,流转了千百回,却没有力气付诸笔端。美丽如她,应在另一个男孩的宠爱中如花绽放。

他们没再见面,直到毕业前夕。她突然出现在他的面前,扑进他的怀里,放声哭泣。他不知所措,心疼到极点。这是她第一次在他面前哭,哭得那么伤心。

她说:"他走了,估计不会回来了。"

他没有问她的他去哪里了,只是紧紧地抱着她,任由她的泪水打湿了胸膛。

白云清,白云清,别离开我……

睡梦中,他轻轻地啜泣。

夜的脚步渐行渐远,曙光崭露头角。这一夜,他一直处于似睡非睡中。走到水龙头下冲了把脸。看手机,只有六点。他打开电脑,上了QQ,QQ里只有个位数的零星好友,她的头像从三年前开始就一直暗着。徐鹏说,她的号早被盗了,现在换了个新号。

"你要吗?"徐鹏问他。

尽管心里有一千一万个想,他还是说:"算了,不如怀念。"

徐鹏骂他闷骚。

毕业后,他们在同一个城市都找了份安稳的工作。虽然明知道她对自己并无爱意,他还是不想放弃,舍不得。对,舍不得。她的身边,从来不乏优秀的男子追随。那些微妙的感情,来了又去,去了又来。他却只是静静地伫立着,守护着,做她最忠实可靠的异性朋友。只要她不对他说让他离开,他便一直这么等待着。每当一段恋情结束,她总会沮丧地问他:"他们为何都不如你耐心?"

他只有苦笑:"可你不爱我。"

其间,他又表白过几次。

他说:"白云清,嫁给我,我会一辈子对你好。"

她看着他,很认真地说:"如果到了三十岁,我还嫁不出去,就嫁给你。"

虽然有些受伤,但他始终抱着一线希望,电影里的阿甘,最终等到心爱的女子,他盼着自己也能成为她漂泊后永远停靠的港湾。

然后，这线希望在他二十七岁的时候彻底破灭了。她说，她要结婚了。

电话这端的他，眼泪就流了下来。在他从少年走到青年的十多年里，他只流过两次泪，都是因为她。

她似乎听见他无声的哭泣，说："对不起，这辈子我辜负了你。"

他哭着笑："别说对不起，云清，你终于在三十岁之前嫁出去了。我想见见他，可以吗？"

她爽快地答应："好啊。"

现在，他已不太记得她身边男子的容貌。一眼看去，应是值得托付终身的类型。不过，他清楚地记得自己对他说的话："你很幸运，好好待她。"

她的婚礼，他纠结了很久，到底去不去？最终，他去了。她一袭白纱，笑靥如花，美丽如坠入凡间的精灵。当她说出"我愿意"的时候，掌声热烈，他再次湿了眼眶。

当欢喜和落寞悄悄寄存在欢快的乐曲中，这个承载他青春时期全部梦想的女孩，终于成了别人的新娘。

过了半年，他主动申请调去距离她两个小时车程的县级市。在那里，他邂逅了现在的妻子，妻子和她一样有爱笑的眼睛。他们安静地恋爱、结婚、生子。

他不再联系她，唯恐惊扰了她的幸福，更怕勾起自己早已无处安放的悲伤。但他不能没有她的消息，不然他不安。徐鹏就是他们之间的桥梁。他听说她生活得很幸福，生了个可爱的儿子；他听说她还是跟以前一样爱幻想，岁月并未磨蚀她孩子般的天真；他听说，她也在问候他……

一晚的夜班以及恍惚的遥想，让他有些疲惫，他仔细照镜子，眼角竟有了隐隐约约的皱纹。年少时的时光如刚发芽的梧桐树，现在的时光却如一把无情的小刀。他认识她,已经十五年。下一个十五年,自己又会变成什么样子?

发动了车子,本来打算去敬老院看看,心头却忽地冒上来一个令自己震惊的想法。周末,或许她在老家吧。一路疾驰,想见她的愿望是如此迫切。思绪纷飞,她是瘦了还是胖了,头发短了还是长了。驶进熟悉的小山村,十几年过去,这里竟没什么大的改变。

他把车停在院子前面的马路上,车窗关着,看不清楚里面人的脸。

他真的看见她了。她背对着他,马尾乖顺地垂在脑后,一如他第一次见她。她的面前,有一个三四岁的小男孩,圆圆的脑袋,会笑的眼睛,像极了她。她正亲昵地捏小男孩的脸蛋。

顿时,时光一下倒流了十五年。他心里翻江倒海,就这样透过车窗,远远地望着。他能感觉到她也在望着她。

因为爱情,怎么会有沧桑,所以我们还是年轻的模样。他差点忘了,他还爱着她。

如果没有你,白云清,就像人间没有了四月天。我情愿化成一片落叶,让吹雨打,到处飘零,或化成一朵流云,在澄蓝天空,和大地再没有牵连。

他突然觉得,真爱一个人,不是疯狂的相扰,不是相忘于江湖,而是不远不近地守护着,让她永远幸福。

"妈妈,车。"小男孩欢乐地大叫。

她回头,阳光毫无保留地洒在她的脸上,依然是清澈好奇的眼神,小鹿一样灵动的神情。

"人有悲欢离合,月有阴晴圆缺,此事古难全,但愿人长久,千里共婵娟……"他仿佛又听到她的声音。

"嗨,白云清。"他轻轻地说。

# 世界在外面，故乡在心里

暖阳高照，宁静无风，这样的冬日在时常阴雨连绵的江南显得极其难得。我站在窗前，看这个城市的车水马龙。我的屋子，位于这个城市最繁华的地段，四周高楼林立，一到夜晚，钢筋水泥铸就的硬壳外面霓虹灯闪烁，看着很是热闹。和另一半工作十年有余，用所有积蓄加贷款，终于在这个城市有了一个叫家的屋子。

看着看着，我却无端怀念起老家，那大山深处的老家，那里的山，那里的水，还有一到春日便层层叠绿的梯田，甚至想念那条叫小黄的狗，还有整天眯着眼睛懒散地打量路人的花猫。但我最想念的，还是老家的房子，那简陋的两间两层楼房，背后是青山，右边是桑林，左边是竹海，迎面是群山的环抱，满目的绿。隐约见一条明晃晃的山溪绵延而下，春日的早晨睡眼蒙眬，便可听见溪水潺潺，夏天则是枕着蛙声入眠，听着鸟叫声醒来。房子是传统的黑瓦白墙，木柱子、木楼梯、木地板，门前一个小院子，勤快的母亲种了许多花花草草，还有桃树、梨树、枇杷树、桂花树……就像一个小型的天然果园。花开时芬芳四溢，果实成熟时枝头摇摇欲坠，随手摘两个，用山泉稍微一冲即入口甘甜，那感觉，满心都是喜悦。

这几年回老家的次数越来越少，尤其是女儿出生后，母亲也来到城里，给我们带孩子，父亲一人留在老家，侍弄着院子里的花花草草，养着几只鸡鸭，打理着几亩庄稼，每逢节假日便大包小包地到城里。有时是当季的蔬菜，有时是鸡蛋，有时则是他自己晒的番薯干、笋干菜，这些东西，城里的菜场和超市都有，却是不一样的味道。我想，父亲一个人在家寂寞，每次他来城里，我总是留他多住几日，他却顶多住两天，怎么劝都要回去。他说，小黄和花猫等着他，他离开久了，万一邻居忘记喂它们，它们流落在村里，会被人欺负，甚至被卖掉；田里的庄稼在等着他，几天不去看一下，他觉得心慌；那几只鸡鸭在等着他，不能老关在屋里，它们天天都要到竹林散散步；老家的房子在等着他，开开大门和窗户，燕子每年都会来筑窝，万一来了，门关着，往后便再也不来了；还有，村里的老伙伴也在等着他，每天晚饭后，他们都会漫无边际地扯几句，说说上天入地古往今来的稀奇事……

末了，父亲说："其实我一点不寂寞，真的，反倒在你们家，浑身不自在，小区里那么多房子，却都关着门，见面都不认识。走出去虽然车多人多，但没有人同你打招呼。商场超市什么都有，挑来挑去却不知道该买什么。白天关在这高高的楼房里，晚上走出去还是高高的楼房，连空气都比乡下要重，压抑得很。"

刚参加工作，还贪恋城市灯红酒绿的我，不能理解父亲在繁华中的寂寞，甚至回老家几天，便觉得百无聊赖，没有电脑，没有商场，没有KTV，晚上七点一过便夜色深浓、灯火稀疏，整个村子陷入无边的静谧。我已经习惯了追逐人前的热闹，对这样寡淡清冷的生活，又怎能如孩童时热爱。

孩童时的我，会在炎炎夏日的中午，顶着烈日去树林捉知了，然后把它们放在家里的纱窗上，直到它们聒噪的叫声吵得父亲睡不了午觉,气急败坏地追着早已吓得一溜烟跑掉的我训斥。那时的我,会在鲜花盛开的春日,漫山遍野地摘野果,和小伙伴爬上高高的槐树,掏一窝羽毛都没长的雏鸟,然后起早摸黑地饲养,幸运的鸟羽翼丰满后被放归自然,悲惨的鸟没几天便一命呜呼。那时的我,在村里简陋的教室里,听老师讲刘胡兰、戚继光,课间溜到旁边的小溪捡五彩斑斓的鹅卵石。那时的我,没有现在的孩子那么多的玩具,父亲做的弹弓、陀螺、毽子陪伴了我整个童年。村里广场上的沙堆、水没不到膝盖的小溪,都是天然的游乐园,山溪中陡峭光滑的大石头就是滑滑梯。那时的我,胆子大得无法无天,会偷偷拿着父亲珍藏的所谓少林秘籍,幻想飞檐走壁,把雨伞当降落伞,和调皮的男生打赌,看谁敢从山上的大石头上往下跳,门牙磕掉了,痛得要命,回家也不吭一声。那时的我,时常站在山顶眺望,热切地想着外面的世界该多么精彩……

那时的我,是因为年纪小,还是因为从未经历浮华,才活得如此简单而满足?而二十岁到三十岁,正值青春的匆匆十年,我在红尘中流连忘返,像无知无畏的鸟,在广阔的天地间不知疲倦地飞翔,老家成了一个偶尔栖息的巢。我像这个城市中大部分人一样,热闹而又寂寞地活着。那些年,我在遗忘……

我忘了年少的我,站在风里,黑色的眼睛,黑色的头发。

我忘了外面的世界很精彩,外面的世界也很无奈。

我忘了天黑了,我该回家。

是的,我忘了,忘了驻足,忘了回眸。

这些年,我们的灵魂无处安放。

现在,过了而立之年,我还是会眷恋鲜亮的衣服,奇异的美食,还是执拗于内心与外在、理想与世俗的纠缠,却越来越能体会父亲的心情,越来越想念故乡的安宁。工作、生活不如意的时候,经常独自开车回老家，盘旋的山路时常让我有梦中的感觉，树木、花草一一掠过，过去、现在重重叠叠，可是我分不清楚我在梦中还是在现实中，在过去还是在现在。当我坐在小时候常用来眺望远方的那块山顶大石头上，看着夕阳落下，余晖满天，浮躁的心逐渐沉静。而在老家，睡眠也变得深长，总能一夜无梦，一觉到天亮。那感觉，总像是偶尔的避世，等到收拾了心情，重新回到尘世中，总会多一点勇气和淡定。

每个人身披坚硬的、圆滑的外壳，都只为了在这繁华世界中小心翼翼地生存，而总有一个地方，能让外壳褪去，让面具卸下，只浅浅一笑，便云淡风轻，温暖如春。

世界在外面，故乡在心里。你和我，在哪里呢？

# 他和她的差距

周末,他应邀参加一个小范围的同学聚会。没想到,她居然也来了。

学生时代,他暗恋她许久,她也待他极好。那时,她美丽聪明,而他长相平平,成绩也一般。尤其让他自卑的,是他的身高,和她走在一起,那么不搭。

慢慢地,他退却了。

情不知所起,亦不知所终。如今想来,或许只是他的单相思而已。命运兜兜转转,生活起起落落,他们最终各自奔天涯。

有些人,就这样埋葬在时光里,封存在记忆里。

但越是这种朦胧、遗憾,越是让人终生难忘。

这么多年,她在他脑海里,总会时不时地跳出来一下。今天,她突然活生生地站在他面前,哪怕岁月沧桑了彼此的面容,他也抑制不住内心的紧张和激动。

三十年过去,他们已是知天命的年纪。

他不再是当年那个又穷又矬没底气的小子,如今的他身居要职,无论走到哪里都被人追捧。曾经的自卑,早就被赞扬和掌声的浪潮冲刷到西伯利亚去了。

男人到了这个年纪，长相和身高都不是什么重要的事情了，功成名就才是最大的资本。

而她，还是一名普通的中学老师。

敬酒时，他对她说："有什么需要我帮忙的，尽管说。"

说这话的时候，他是带着点小小的扬眉吐气的骄傲的。时间和命运，抹去了他俩的距离。他终于无须仰视她。

这是他第一次对人说这样的"大话"。他素来谨慎低调，自职场得意，人人都想跟他攀点关系，想着法地接近他、取悦他，而他也练成了看人入木三分，自己却不动声色之本领，言行举止都极为自律得当。

然而，她只是恬淡一笑，什么话也没说。

这让他有点受挫。

他加了她的微信，偶尔也聊几句。

从聊天中，他得知她先生也是老师，两人守着三尺讲台至今，默默无闻却安之若素。

她的生活看起来平淡幸福。

某天，他到最要好的朋友处喝茶。朋友也是他的同学。年纪渐长，职务渐高，春风满面皆相识，但能走进心里的知己好友却越来越少。

乱花渐欲迷人眼，成年人的世界，难免戒备多多，也难免激情不再。

不知怎么就提到了她。

朋友说："她挺难的，先生癌症多年，花光所有积蓄，为了照顾家里，她一直想调到离家近一点的学校，据说也托了不少人，但这么多年也没调成。"

他听完怔住。

他从未听她抱怨任何事，也从未见她明着暗着求助于自己。调一个学校，对他来说，并不是什么难事。

这些年，多少人求他帮忙办事，他唯一心甘情愿帮忙的，对方却不领他的情。

多么可笑！

哪怕没有那青涩的初恋，只是普通朋友，她也不至于对他如此生分。

刹那间，他有点受伤。

他提着大包小包，去她家探望。

屋内陈设极其简陋，男人缠绵于病榻，虚弱地跟他打了个招呼。

她递来一杯温开水，说："你胃不好，不给你泡茶了。"

他内心震荡，她还记得！

读书时，因为家贫，他常常不吃早饭，为此得上胃病，常痛得满头大汗。她知道后，偷偷往他的课桌里塞大白兔奶糖和面包。

他坐了一会儿，寒暄了几句，秘书打来电话，有紧急公务，他起身告辞。

她送他到门口。她耳鬓的丝丝白发在阳光下格外耀眼，但神态依旧平和，眼神依旧纯真。

他终于忍不住问："为什么不找我？"

她低头："不想麻烦你。"

他气恼："宁可麻烦别人也不愿麻烦我？"

她笑了："麻烦你的人太多，你也不容易。"

他不能理解："你还是那么骄傲！"

上车，发呆。过了一会儿，微信响。

是她发来的。

她说："不再是少无顾忌，不太方便联系你，更不想让你觉得，用得到你的时候，才会联系你。"有些感情，足以安慰一生，故不舍得沾染一丝一毫的利益。真爱无言，真情无用。

他湿了眼眶。

此去经年，他和她的差距，一点都没变小。

## 我是你的骄傲吗

那一年，我三十岁，与父亲发生了激烈的争吵。这是我出生以来第一次跟父亲正面交锋，虽然跟他宣战的念头早已潜伏在我的心里，跟生滚粥一样不知道辗转了多少遍、多少年。

事情起源于他和母亲的争吵。说实话，这次并没有什么不同，和以往无数次我看到听到的吵架一样平常，鸡毛蒜皮的小事，一句话不和的恼怒，直到理智丧失，针锋相对，恶语相向，亲人不如仇人。照理说，我该如从前所表现的一样，内心翻江倒海，表面若无其事，这实在是无奈，也该是我早就习惯的。

但这次，我看着他暴跳如雷的模样，心里的火气突然急剧上升、汇聚，这股火气灼烧着我的五脏六腑，终于，它突破了我的身体，我彻底爆发了。我指着父亲，声嘶力竭地控诉着他以往的种种不是，发泄着我的不满和委屈，最后，我恨恨地说："我宁愿没有你这样的父亲。"

父亲被我的愤怒惊得目瞪口呆。他愣愣地站在那里，看着像小兽一般疯狂的我，不知所措。许久，他突然坐在沙发上，眼泪流了下来。但他随即抹干了它，然后，不再说一句话。

看到父亲的眼泪，刚才还义愤填膺的我瞬间火气消失得无影无踪，不安地看着眼前的这个男人，不知该如何是好。

记忆中，我从来没见父亲哭过。他是那样一个倔强、生硬、暴脾气、爱面子的男人，怎么会流泪？即使流泪，又怎么会在我面前？

父亲，不是我理想中的父亲。

从小，我理想中的父亲，应该是大山一样宽厚，软玉一样温情的男人，既有坚强果敢的一面，又有温柔有趣的一面。他会在母亲责怪我的时候赔着笑脸把我护在身后，会像个孩子一样陪我玩幼稚的游戏，会兴高采烈地参加我的家长会，会语重心长又旁敲侧击地教育我不要早恋。我结婚的时候，他会强忍着眼泪对另一个男人说："好好待我女儿，否则我跟你没完。"

至少，我理想中的父亲，会在给我打电话时，偶尔亲昵地说一句："有没有想老爸？"

可惜，这只是我理想中的父亲，是别人家的父亲，是我从小就羡慕的别人家的父亲。我看着别人家的父亲和女儿嘻嘻哈哈，父亲对女儿和风细雨，陪女儿追逐玩闹，而我，只能那样远远地看着，酸酸地羡慕着。

我的父亲，永远不可能对我那样。

我的父亲，是"棍棒教育"的忠实拥护者和实践者，他的脸就像六月的天，我永远不知道何时会晴，何时会阴，何时又会电闪雷鸣。或许前一秒还艳阳高照，后一秒就暴风骤雨。我永远不知道，我的头上、身上会何时遭殃，武器又是什么，或许是吃饭时突然落下的筷子，或许是玩耍是突然扫过来的鞭子……从小，我和弟弟小心翼翼地看着他的脸色，如果哪一天觉得他心情不好，我们便说话不敢大声，吃饭不敢吭气，小心翼翼，胆战心惊，唯恐他一个不顺心，暴风雨降临。弟弟犯错的时候，他拿着粗粗的棍子追了整个村子,追到小河边,弟弟没办法一下跳进河里,他才罢休。

我的父亲,永远不会好好说话。在他的词典里,没有"沟通"二字,他从来不会好和颜悦色地表达爱、关心和担心。我衣服穿少了,他会恶狠狠地骂:"晾骨头,冻死了活该。"我玩得太晚回家,他边打边骂:"被人拐走了多好!"十四岁的时候,某一天晚上停电,我从二楼沿着楼梯滚落至一楼,浑身伤痕累累。他甚至没起床看我一眼,若无其事地呼呼大睡,母亲用红药水给我消毒,我疼得眼泪在眼眶里打转,身子疼,心更疼。

我的父亲,从小到大没有表扬过我一句。我捧着年年第一的成绩单,塞满几抽屉的奖状、证书给他,他连翻开都懒得翻开,只随意地扫一眼,淡淡地说:"没考个鸭蛋就好。"中考前,我出麻疹,整整一个多月没上学,直到考试前一天才满脸印子地回到学校,他漫不经心地说:"考不上更好,回家种田。"后来,我以优异的成绩考上重点高中,学校打电话到村主任家报喜的时候,他依然漫不经心地说:"考那么多分干吗!"学校开家长会,从来都是母亲参加。他甚至不知道我何时高考。我考上理想中的大学,亲戚朋友前来祝贺,他继续漫不经心地说:"一般般,一般般。"

我的父亲,慢慢变成了一个孤独的人。从小到大,我不会像别的女孩子一样,钻进他的怀里撒娇腻歪。在一次又一次的失望中,我也渐渐熄灭了对他的期待,不再给他看我的成绩单,不再跟他提起我的学习、我的生活,而曾经,我是多么渴望得到他的表扬,哪怕只是一个鼓励的微笑,一句肯定的话。我甚至渴望远离他,远离这个家。

上大学到遥远的北方,给家里打电话的时候,如果是他接的,只匆匆说一句客套的话便要求他把电话交给母亲。后来,我工作、恋爱、结婚、生子……父亲和我的对话寥寥无几。母亲,成了我们之间的传声筒，而父亲，成了最熟悉又最疏离的那个人，成了我不愿面对又害怕面对的那个人。

这样的父亲，居然在我面前哭了。他一哭，我就乱了。

此后的那段日子，我尽量避免和他见面。万不得已见了面，也是尴尬的沉默，连称呼都止于唇齿。直到两个月后，他生病住院。

几颗小小的结石，折磨得他死去活来。从手术室出来，他脸色苍白地昏睡着。麻药劲儿过去后，他醒了过来，疼痛让他微微缩起了身子，蹙紧了眉头，额头上冒出了一颗颗豆大的汗珠，但他始终没有喊出声。我站在病床边，这个曾经生龙活虎、暴躁坚硬的男人，此刻就像个强忍着苦痛的孩子，他的眼角有了细密的皱纹，两鬓布满了斑白的头发。他紧闭着双眼，缩在床上，看起来那么脆弱，那么瘦小，那么无助。

曾经的埋怨、恨意、委屈在那一刻消失得无影无踪。

我拉住他冰冷的手，问："很疼吧？"

他睁开眼看了我一眼，说："不疼。"

那几天，我跟弟弟轮流陪着他。母亲不在场，气氛有时难免尴尬。除了日常的吃喝拉撒，我不知道该跟他说些什么。

出院的前一个夜晚，大雨。我买了他最爱吃的饼干，一片一片喂他。

他突然说："这些年，让你妈受委屈了，你们要好好孝顺她。"

我说："嗯。"

他垂下眼帘："我脾气不太好，你别记在心里。"

我怔怔地看着他，半响，说："不会，你是我爸。"

我开始审视过去的岁月，我除了埋怨，是不是该记得什么，明白什么。

我该记得，四五岁的时候，他高高举起我，用他粗硬的胡子扎得我咯咯笑。

我该记得，他打工回家，给我带来一双红色的小皮鞋，那是我人生中第一双皮鞋，我如获珍宝，连睡觉都穿着它。

我该记得，他教我武术，用竹子给我做笛子，用蛇皮给我做二胡。物质贫乏年代，我年少时对艺术的向往，都在他的巧手中一一实现。

我该记得，他送我去北京读大学，在近二十个小时的绿皮火车上吐得天翻地覆，舍不得花钱，第二天继续坐火车一路吐着回家。

我该记得，每个周末，他开着他的车，风雨无阻地来学校接我，从拖拉机到摩托车，到小卡车，到大货车……

我该记得，我初中快毕业时，所有亲戚，包括母亲都劝我报考师范，而父亲，听到来家访的老师说"这孩子，考个名牌大学不是问题，读师范可惜了"，便坚持让我读高中。他说再苦也不能苦了孩子。

我该记得，收到大学通知书的那天，我没心没肺地催他们去银行交学费，母亲幽幽地说："一时半会儿哪来那么多钱啊。"父亲却宽慰着："马上会有的，放心。"那个暑假，他拼了命地挣钱，如期缴纳了所有的学费，还给了我足够的生活费。

我该明白，他严厉，他指责，只是因为他不知道该如何表达，他只是担心我着凉，只是担心我不安全，只是换一种方式流露的爱。

我该明白，面对我的那些奖状，面对别人的夸奖，他假装漫不经心的背后，喜悦早就在他心里开花。

我该明白，我的血管里流淌着他的血液。这么多年，他是多么渴望我主动亲近他。我的疏离，他的孤独，终究成了我和他之间的铜墙铁壁，成了他心底无言的落寞和感伤。

我该明白，为了培养两个孩子，身在农村的他是多么不容易，他的坚硬，他的暴躁，都来自生活的窘迫、艰辛……年轻时英俊潇洒的男人，成了负重前行的父亲。

当我记得这些，明白这些，我应该想起他的许多优点。

比如，他是个勇敢的人，他会路见不平一声吼，跳入冰冷的溪水救人。

比如，他是个正直的人，从来不贪人家一点小便宜，捡了钱等在原地，一直到人家找来。

比如，他是个宽厚的人，从不曾将他的梦想转嫁到我的身上，从不曾对我的人生指手画脚，他给予我足够的自由、自主的选择。

……

现在，生活渐渐变好，他也渐渐变老，曾经的暴脾气收敛了不少，他开始喜欢一大家子人坐在一起吃饭，喝点小酒，天南地北地聊天。他开始喜欢回忆往事，也开始袒露心扉，他开始懂得温言软语地关心，也开始毫不吝啬地夸奖。

而我，也尝试着，走过曾经的关山重重，真正地理解他、保护他。

父母在，人生尚有来路；父母去，人生只剩归途。莫让父亲成为那个最孤单、最寂寞、最容易被遗忘的人。

最后，我还是想问父亲：我是你的骄傲吗？

# 像你这样的人

电话打来,小姨脑出血,进了重症监护室。

这已经不是第一次。

两年前,她有过一次小中风,住院半个月,走路歪歪斜斜了好久。

但这一次没那么幸运,医生说,最好的结果,就是终身与床为伴。

言下之意,保住性命已是万幸,但活着也是生不如死。

母亲大哭。

这是她最小的妹妹,才五十四岁。

父亲说:"高达二百四十的血压,且有过一次教训,两年多竟不吃药,迷信艾灸治病,身上全是烫疤。"

小姨的一生,曲折远胜电影。

出生于小康之家,从小衣食无忧,美丽活泼,高中毕业,到市里的棉纺厂工作,早早拥有我儿时梦寐以求的凤凰牌自行车。

二十多岁,嫁给开沙发厂的小老板,次年生下儿子,生活风生水起,短短五年,在市中心买好两套房。在物质还不富裕的年代,洗衣机、冰箱、彩电应有尽有,让一众亲戚朋友艳羡不已。

三十多岁,突然关了沙发厂,跟人开起美容院。

一年后，爆出离婚的消息。原来，老公早就和合伙人暗度陈仓，关厂开店后更是由暗转明，家产悉数败光。这次婚姻，除了儿子，小姨得到一套底层不足70平方米的小房子，终日阴暗潮湿，不见天日。

前夫随后被情人抛弃，一无所有，出家当了和尚，若干年后因患癌去世，出殡时亲人寥寥，极其凄凉。

小姨在超市找了份工作，养家糊口。那几年，她逐渐发胖，风采不再。

四十多岁，与一男子相识，再度步入婚姻。男子豪爽，不似前夫阴郁，但收入只够自给自足，嗜好烟酒，小姨常常埋怨。

五十岁，从超市退休，想过做月嫂、学家政，然而很快放弃，转身沉迷于美其名曰的网络理财，不听劝，多年积蓄全被骗了去，伤心欲绝。

五十二岁，打击再次袭来，第二任丈夫被查出癌症，短短两月内骤然离世。

儿子在另一个城市工作，小姨又回到孑然一身的生活。

她心高气傲，也孤独寂寞。

她自怨自艾，也尝试抗争。

她开始迷恋五花八门的"养生学说"，练功包治百病，艾灸包治百病，即使高血压中风，也拒不吃药。

混到如此落魄，与亲戚也大多断了联系。

她与我诉苦："这辈子命苦，活着也没多大意思。"

只有我从小与她亲厚，她说别人都不懂她。

我见过她青春的模样，乌黑的麻花辫，纤细的腰身，光洁的脸庞，笑容在自行车上飞扬。

我了解她深夜里的哀伤，丈夫背叛，她依旧念着从前的恩爱，不与他锱铢必争，为这段婚姻保留最后的尊严和体面。

我也深知她心中的遗憾和不甘，她说，若能时光倒流，她一定好好读书，考上大学，去大城市闯荡，过完全不一样的人生。

她笑过，爱过，哭过，怨过，彷徨过，努力过。

只是，人生怎么就过成了这样？她想不明白。

她太想成功，太想过光辉的一生，偏偏幸运不青睐她。

她太渴望温暖，太渴望爱，偏偏上天不眷顾她。

是性格还是命运？

大约是性格决定了命运，而命运又影响了性格。

从此，恶性循环，好好的一副牌，越打越烂。

有人说她"心比天高，命比纸薄"。

小姨的悲哀，是不自知。

到了黄河，游不过去，就回来，可她偏偏要找一个摇摇欲坠的小船渡过去。

坏事发生了，及时止损，也能保全，可她往往钻进黑洞无法自拔。

她总是寄希望于虚无、于旁人，遁入精神的魔障无法自拔。

看似与命运抗争，实则缺乏脚踏实地的精神和清醒认知的意识。

时也，运也，命也！

可怜之人必有可恨之处，这句话真是道尽了凉薄之人的一生。

我始终忘不了她抱幼年的我入怀，明媚的笑容，清澈的眼睛。

彼时的少女，对未来充满绮丽的憧憬和幻想。

像你这样的人，本该灿烂过一生。

愿我的小姨，渡过劫难，下半辈子安好！

## 择绍兴终老

多年前，选择绍兴作为我的安身之处，很偶然。北方的大学放假早，大四的寒假到浙大的同学处玩耍，恰逢绍兴专场招聘会在浙大举行，闲来无事给一家银行投了简历。没想到接下去的笔试、面试一路顺畅，待我寒假结束回学校时，已收到体检通知书。其实，我当时的就业目的地是杭州，但冲着课本中的鲁迅和王羲之，觉得趁机去绍兴游荡一下也不错，于是买一张火车票来到了绍兴。

那是我第一次到绍兴。虽然我的老家就在上虞——当时绍兴的一个县级市，但年少的我，安安静静地守着大山里的一草一木，在简陋的课堂里一边念着李白、苏东坡，一边幻想着长大后能像舅舅舅妈一样，成为一家工厂的职工，朝八晚五，按部就班，赚够了工资就买一辆天蓝色的凤凰牌自行车，穿越小镇并不宽广的马路，风一吹，脖子上的丝巾像蝴蝶一般飞扬。

那是我理想中的生活，安逸，沉静。

那时的我不会料到，多年后，我将最重要的人生旅途交付这个被称作"东方威尼斯"的城市。那时的我更不会料到，有一天上虞变成了绍兴的下辖区，与此同步撤县变区的，还有我如今的工作地柯桥，曾经的绍兴县。一夜之间，我这个生长于上虞、居住于越城、工作于柯桥的人，终于成了真正意义上的绍兴人。

走下火车的一瞬间，凉凉的湿润的空气扑面而来，像清晨田野上的露珠。一辆人力三轮车载着我晃晃悠悠穿过古城的大街小巷。和大山里的老家不同，和繁华的大都市不同，它厚重、沧桑、婉约、神秘，还带着一丝隐忍的热烈，让人欢喜，亦让人惆怅。我想起了马致远的《天净沙·秋思》："枯藤老树昏鸦，小桥流水人家，古道西风瘦马。夕阳西下，断肠人在天涯。"江南，古城，那种似喜似悲的百感交集，在青春稚嫩的心里荡气回肠。

决定留下来，也就是几秒钟的事。人生就是那么奇妙，前一天，我还只是想当个游客而已。

喜欢环城河的夜晚，跳跃的波光印着灯火阑珊。还有稷山公园迂回的长廊里的灯笼，诠释着别样的温情。当季节还停留在夏天的时候，我经常光着脚踩在河边细细的鹅卵石上，它是如此圆润光滑，脚底酥痒的感觉恍若童年的烂漫。萧瑟的冬季，则晃入沈园，看那点点梅花，在一片萧瑟中热烈地开放，墙上的《钗头凤》，生生诉说着一怀愁绪几年离索。清冷的石板凳，早冷了情人的余温。相见时难别亦难，举案齐眉却又不得已的红尘俗世，一杯装欢的黄縢酒，又岂能弥补一生的爱过、恨过、错过，陆游和唐婉的爱情，终究不是我向往的。但无论如何，这个不起眼的宅子，成就了痴男怨女求而不得的千古传奇。而距这座宅子一百米处，鲁迅先生正优雅地吐着烟圈，淡定地看着游人在他面前拍照留念。那几个长辫子的孩童塑像，头顶和胳膊被摸得光溜发亮。

周末，常常骑着自行车在绍兴城里转悠，也曾漫无目的地坐上一辆环线公交车，从中午到黄昏，绕过大半个绍兴，就这么看着窗外的风景，一幕幕在眼前晃过。总觉得，绍兴这样一座城市，如果不走远，骑自行车和走路应该是最舒适的出行方式，自由自在，优哉游哉。刚来绍兴时，三轮车还很多，现在除了几个景点，很难再看到三轮车的踪迹，否则，一路颠簸晃晃悠悠的感觉倒也是极好的。从车水马龙的解放路拐进轩亭口，没多久就到了红灯笼、青石板、黑瓦片、白墙面的仓桥直街。臭豆腐、奶油小攀、乌毡帽，哼着越剧的老太太，操着地道方言的茶楼老板，浓浓的绍兴味儿流淌开来。蕺山街、八字桥、鲁迅故里、西小路……一个个历史悠久的街区皆隐藏在熙熙攘攘的城市主干道附近，现代与古老，繁华与寂寥，也就几分钟的距离，不经意间就仿佛穿越了几个世纪的风霜岁月。

那些老房子往往傍水而建，前门向陆，院子里栽着一棵桃树或梨树，春起吹落一地芬芳，后门几个石阶下来，就是静静的河水。黑砖白墙，不似水彩画般绚丽，却自有一番典雅的韵味。很多很多年前的河水应该是很清澈的，像白练一样穿梭于绍兴的每个角落，乌篷船上戴毡帽叼烟斗的老人，早将这一桥一水刻录进深深的皱纹和绵长的记忆里。

而那繁华处，解放路已渐渐失去了往日的万千宠爱。这几年拔地而起的世贸、银泰、咸亨等商业综合体，快速取代了曾经商贾云集、车来人往的解放路，成为绍兴人日常散步之地。解放路，一个传统商业时代的印记，终于在历史的车轮下，躲进一代绍兴人甜蜜又热闹的记忆深处。没有谁能抵挡住世事变迁。

一个城市的人，总和它的物戚戚相关。绍兴人的性格，恰如这个城市黑砖白墙的建筑，含蓄、低调、安分，合适的年龄恋爱，合适的年龄成家，一步一个脚印，一切像小桥流水般自然而然，唯恐落下一步，走错一步，脱离了常人的轨道。但他们的内心又是热烈的，对生活、对子女、对未来充满了无尽的期盼。绍兴男人精明，做起生意来毫不含糊，但又普遍谨慎克己、小富即安，绝少会大冒险。绍兴男人也顾家,上得了厅堂,下得了厨房,带得了熊孩子的,不在少数,无疑是性价比较高的靠谱款。绍兴女人大多也温婉平实,不喜浓妆艳抹,但求清雅素朴,把细碎平常的生活调配出别样的滋味。

冯唐说,如果选择一个城市让他终老,这个城市一定要丰富。一个城市的丰富程度,有四个衡量标准。第一是时间,时间上的丰富是指建筑的历史跨度。同一个城市里,方圆十几里,有六世达赖几百年前坐看美女如云的酒馆,有昨天才为青藏线建成的火车站和洗手间。第二是空间,空间的丰富是指建筑的多态性。不要全部大屋顶建筑,外墙上贴石膏花瓶,也不要全是后现代极简主义,一门一窗一墙。功能上,不要全是水煮鱼,也不要全是洗浴桑拿。第三是空间的集中度,要有细密的城市路网,让人能在最短的时间到达最丰富的空间,寄情人卡、买猪头肉,走路十几分钟或者骑车最多半个小时内全都解决。第四是人,人的丰富是指五湖四海,各色人等,悉数登场,百花齐放,万紫千红。

如此说来,绍兴基本算得上一个丰富的城市。而我,早已习惯了它的山水,爱上了它的不完美。在鲁迅故里吃臭豆腐的你,在酒吧深夜买醉的你,在兰亭泼墨挥毫的你,在柯岩陪孩子疯玩的你,在轻纺城辛苦打拼的你,也会择绍兴终老吗?

## 竹姻缘

他们第一次见面,在村里那个破烂不堪的小学的操场上。正是初春暖煦中夹杂着凉意的天气,太阳明艳艳地悬在天空,阳光照在人身上却不曾有炙热的感觉。她教完一年级的语文课,跟可爱的孩子们说下课,满脸微笑地走出教室,手指上还满是粉笔的白,两根又黑又粗的辫子松松地垂在胸前。她看到了他,一个年轻的男人,个子不高,坐在矮矮的竹凳上,脚边横着一堆青葱的竹条,双手灵巧地穿越在一个半成型的竹篓里,阳光正好照在他右边的脸上,棱角分明中镀上了一层柔和的光晕。他没注意到她,依旧专心致志地编着竹篓。

此后,她几乎每天都能看到他,竹子在他的巧手下,变成了各种各样好看又实用的生活用品。有一天,她像往常一样走过他的身边,突然听到他叫她:"喂,你是×老师吧?"她转头,一愣,随即调皮地问道:"请问您是哪个学生的家长啊?"他立马红了脸,说:"我还没结婚呢!"

他们就这样认识了。每次下课,她总会走到他的身边,有一搭没一搭地聊几句,更多的时候,是静静地看着他干活。她知道了他——村里面的竹匠，家境贫寒，小学毕业就没钱再读，开始学做竹匠活贴补家用。原有兄妹五个，最大的哥哥六岁时患小儿麻痹症死去，他是双胞胎中的老二，可父母没钱一下子养活两个，他好动，整天哭闹，父母觉得他生命力顽强，于是活活饿死了文静的那个，留下了他。随后，他又有了一个弟弟，一个妹妹。她听得心惊肉跳。他也知道了她——到他们村支教的女知青。她高中毕业时正逢知识青年上山下乡进行得如火如荼，原本打算考大学的她响应党的号召，和几个同学一起到了这个贫穷的小山村当代课老师。她出身于富裕家庭，从小吃好的穿好的，受良好的教育。他们不是同一个世界的人，可是，他们相爱了，并且决定结婚。

　　她的父母大为震惊。他们眼里如此优秀的女儿，能歌善舞，才华横溢，能力出众，居然要嫁到穷乡僻壤，嫁给一个只有小学文化、出身贫寒、没有体面工作的农民。他们无论如何都接受不了这门婚事。然而，她说非他不嫁，如果父母不同意，她一辈子都不嫁人。就这样，他们结了婚，没有婚礼，没有祝福，新房是山脚下一间漏风漏雨的小破屋，一灶一床一柜一桌，还有几个凳子，和她之前的生活比，有天壤之别。可她毫无怨言，白天除了上课，还要学习干各种家务活、农活。她的额头渐渐地不再光洁，双手不再细嫩。婚后不久，其他的知青都通过各种渠道返回了城里，跟她道别的时候，他们用那么惋惜和不解的目光看着她。她偷偷地大哭一场，抹干眼泪当作什么事情也没发生。她只是遗憾，但并不后悔。

　　结婚第二年，他们有了第一个孩子，丫头早产，出生时只有五斤多，躺在那里，像小猫一样弱小，又像个小老鼠一样皮肤又红又皱。丫头外婆看了心疼，送了鸡蛋、红糖、猪肉过来，给她补补身子。月子才坐了半个月，就要到冰冷的溪水中洗衣，弯腰弓背地干家务活。丫头两岁的时候，她爬梯子摔了下来，腰椎骨受了重伤，躺了一个月才能下床，留下天气一变就腰痛的后遗症。丫头三岁的时候，生重病，看遍了方圆几十里的赤脚医生，始终未能好转，奄奄一息。外婆看丫头可怜，主动抱去养，背着她到处求医，半年后丫头居然白白胖胖，死里逃生了。丫头四岁的时候，他们开始在老屋对面的山脚下盖新房，请了村里几个人帮忙，硬是把两层新房一砖一瓦地建了起来。没钱装修，家徒四壁。外面下大雨，里面飘小雨；外面刮台风，里面刮龙卷风，桌椅都被吹了起来，留下满地的灰尘。

　　新房造好后的第二年，他们有了第二个孩子，虎头虎脑的男孩子。她仍然在村小学教书，他渐渐地不再做竹匠。那时候，做竹匠活的收入已经养活不了一家人了。他买了辆拖拉机，拉活干。身体上的劳累，生活上的困苦，让他的脾气越来越坏，而她总是忍让。每次吵完架，他像个孩子似的躺在床上，赌气不吃饭，她低声让丫头唤他出来，或者把饭菜端到他面前。他是那种脾气来得快，去得也快的人，她先低头，他也就释然了。

　　七岁，丫头上一年级，本来要八岁才可以上学，恰好村小学的校长是丫头的表舅公，她去说了情。第一年，丫头两门功课不及格，她急了，想让丫头重读，他劝阻了，说可能年龄太小，还不能集中注意力，再读个二年级试试看。果然，丫头第二年考到九十分了。她很欣慰。丫头读完三年级就要去下面一个村子读了。晚上，她跟他商量，想给丫头更好的读书环境，决定让丫头转学到镇中心小学，寄宿在她哥哥家，也就是丫头舅舅家，就是每年要多花点钱。他说："只要女儿好，我们辛苦点没什么。"

　　丫头没让他们失望，到了镇中心小学，成绩依旧名列前茅。进入初中后，更是门门功课全年级第一。三年后，丫头不负众望，考入市里最好的高中。又过了三年，考入某知名学府。各种奖状、证书贴满了墙壁，塞满了抽屉。从村里到镇里，到市里，再到遥远的北方城市，丫头一步步走出了大山，和他们的距离越来越远。她的耳鬓，渐渐出现了白发。丫头求学的日子里，她就看着丫头的照片，仿佛看到了年少时的自己，那个活泼、聪明、人见人爱的女孩。她和她一样，心里充满了浪漫的幻想；她和她一样，时而像温柔的春风，时而又像倔强的小兽。这个女儿，不就是她生命和理想的延续吗？

调皮捣蛋的儿子，他们一度为他伤心落泪，也渐渐长成懂事的小伙，烧得一手好菜，知道照顾姐姐、心疼父母了。儿女两个，是她的骄傲。他的额头，渐渐有了皱纹。这些年，为了培养两个孩子，他起早摸黑，拼命挣钱，曾经那个桀骜不驯的男人，变成了大山一样的父亲。

他们依然像年轻时候一样争吵斗嘴，却谁也离不开谁。

她，是我的母亲；他，是我的父亲。

今年，是他们结婚三十周年。

## 花一样的九板桥

绍兴素称"兰花故乡",绍兴人爱花是爱到骨子里的。

在绍兴城的西南隅,有一个花木小镇叫漓渚,被誉为"中国花木之乡",草木葱茏,鲜花遍地,花溪老街、浪漫花田、炫彩花市、精致花苑、时尚花农……一切都与花有关。

穿过小镇的花溪老街,可见一个叫九板桥的村庄。村庄不大,村民不到千人,是典型的江南水乡小村庄。著名的绍兴花市,就位于九板桥村界。

九板桥的美,与世外桃源的淳朴原始不同,与现代时尚豪宅景观不同,这个小村庄,有一种自成一体的格调,带着文艺的感觉,浸润回忆。

村中央的古道,是最有味道的,杂货铺、打铁铺、弹棉花、扯白糖、小茶楼、温黄酒、打卤面、猪油馄饨……在这里,平日紧绷的神经立刻松弛,踩在厚重的青石板上,慢悠悠地走就对了。

白茶清欢无别事,我在等风也在等你。松花酿酒,春水煎茶,停下,吃茶去,春茶下肚,觉得饿了,走出木门槛,只消几步路,进入另一间古朴的小木屋,来一碗猪油馄饨或者打卤面。潇洒的,再来一壶黄酒、一盘话梅煮花生，赏花草，语人生，谈天地，醉了时光，忘了烦忧。

赵钱孙吴，斯曾包李，吴王冯肖，沈韩杨慕……不到千人的村，姓氏多达百个，这个名副其实的百姓之村，于人来人往的历史长河中应该是有许多故事的。多少人童年的记忆，成长的悲欢，埋藏在村庄的青石板里、房前屋后的桃李芬芳里。

墙上的彩绘，是儿时耳熟能详的童谣："摇啊摇，摇到外婆桥……""马兰开花二十一，二五六，二五七……"即使历经世事饱经沧桑，心底的柔软和纯真，也忍不住一下子弥漫了全身。

绕过一个弯，看到九板桥村民津津乐道的"墨池"，上了年纪的村民有板有眼地介绍：当年书圣王羲之曾居住于兰渚山下，时常在此练笔习字，小水池就成了几近发黑的"墨池"，相传还有绿毛深龟迹现池中，是为灵异。语气颇为自豪。且不论传说真假，尚文之风，何乐而不信？

走过黑瓦白墙的古道，色彩忽然跳跃了起来，红的健步道，蓝的小凳子、绿的树和竹……明亮而有生机。荷塘极大，碧叶连天，想起一首诗："荷叶五寸荷花娇，贴波不碍画船摇。相到薰风四五月，也能遮却美人腰。"健步道是软软的，城里的人们，该多羡慕！

村边一条小河，河一边墙上是二十四节气，一边是石板路。走进石板路的风车长廊，仿佛时光穿越，风缓缓吹，风车快快转，一转就转了个前世今生、天真烂漫。蓝天白云，小溪潺潺，风车沙沙，执子之手，不是风动，不是幡动，而是心动。

小路边是村民的花木田地，穿过田地，就是著名的绍兴花市，姹紫嫣红，花香四溢。多肉可爱，兰花高洁……你想要的一花一木一世界，都在这里。

不远处，忽地传来歌声："淌过漓水潇潇，越过渚山苍苍，青石板上的童年，一个小村庄的春秋冬夏。晨风吹来墨池香，这就是九板桥，我最深爱的家……悠悠九板桥，妈妈在桥头望，无论我走过多少地方，她是我心中不变的向往……"

生活不只有眼前的苟且，还有诗，以及九板桥。